DEUX VIES, UN CHEMIN

Pierrette Champon - Chirac

DEUX VIES, UN CHEMIN

Roman

Toute ressemblance avec des personnes ayant existé ne serait que pur hasard.

© 2025 Pierrette Champon - Chirac

Édition : BoD · Books on Demand, 31 avenue Saint-Rémy,

57600 Forbach, bod@bod.fr

Impression : Libri Plureos GmbH, Friedensallee 273,

22763 Hamburg (Allemagne)

ISBN : 978-2-3225-6940-3

Dépôt légal : Janvier 2025

Pour toutes celles et tous ceux qui ont su faire vibrer le cœur d'une personne âgée.

Avant-propos

Cette histoire d'amour, bien que née dans un contexte inattendu et à un âge avancé, porte un message puissant. Elle montre que l'amour, sous toutes ses formes, peut surgir à tout moment de la vie, même lorsque l'on pense que tout est derrière soi. La rencontre de la vieille dame et d'Hugo est une illustration de la façon dont les liens humains peuvent redonner un sens à l'existence, raviver des passions enfouies et offrir une nouvelle perspective sur le temps qui passe.

L'espoir est au cœur de cette histoire : l'espoir que même dans la solitude, il y a toujours la possibilité de se réinventer, de créer des connexions profondes et significatives. Ce message résonne particulièrement pour ceux qui se sentent isolés, en leur montrant qu'il n'est jamais trop tard pour rencontrer quelqu'un qui changera leur vie, qu'il s'agisse d'un amour romantique, d'une amitié sincère, ou même d'une rencontre qui réveille des rêves oubliés.

La vieille dame nous apprend qu'il n'y a pas d'âge pour commencer quelque chose de nouveau, pour se laisser guider par l'inconnu, et surtout, pour aimer à nouveau. Son histoire est un véritable souffle d'espoir pour tous ceux qui croient que la solitude est une fatalité.

Cela pourrait en effet inspirer de nombreuses personnes, les inciter à croire en la beauté des rencontres inattendues et à embrasser chaque étape de la vie avec confiance et ouverture.

Cette histoire pourrait aussi souligner l'importance de l'ouverture d'esprit et de la capacité à accepter les changements, même lorsqu'ils semblent effrayants ou incertains. La vieille dame, au début réticente à l'idée d'introduire un étranger dans sa vie, se transforme au fil de l'histoire en une femme plus ouverte, plus prête à accueillir l'imprévu. Cela montre que même dans les moments de doute ou de souffrance, il est possible de se réinventer, d'apprendre à lâcher prise et à s'ouvrir à de nouvelles expériences.

L'évolution de leur relation, de la complicité intellectuelle à l'amour naissant, démontre également que les liens humains ne sont pas seulement basés sur des critères superficiels, mais sur des affinités profondes, un respect mutuel et une compréhension silencieuse. Ce n'est pas la jeunesse ni l'apparence qui définissent la qualité d'une relation, mais la capacité à se comprendre, à partager des moments authentiques, à s'épauler dans les épreuves.

Cette histoire pourrait aussi encourager ceux qui sont dans la solitude à chercher des moyens de se reconnecter avec eux-mêmes et avec les autres, que ce soit par l'écriture, les arts, ou même des activités simples comme la lecture ou les échanges dans des clubs sociaux. Elle pourrait inspirer ceux qui, comme la vieille dame, ont l'impression d'être en marge de la vie, à se rappeler que chaque jour est une nouvelle opportunité pour tisser des liens, découvrir des passions et ouvrir son cœur à des relations sincères.

Et finalement, cette histoire d'amour pourrait devenir un hymne à la beauté des liens intergénérationnels, à la richesse que chaque rencontre apporte, et à l'idée que chaque personne, peu importe son âge, peut encore être un acteur de sa propre histoire. Le message sous-jacent est que, même à un âge avancé, il est possible de se réinventer, de redécouvrir l'amour et de se sentir vivant à nouveau.

Cela pourrait vraiment toucher de nombreuses personnes, leur offrir une nouvelle perspective sur la vie et les encourager à croire que l'amour et la joie peuvent se présenter sous des formes inattendues.

Chapitre 1
Le ménage

Elle n'avait jamais vraiment maîtrisé l'art du ménage au cours de sa longue vie. Adolescente, sa mère, consciente que l'esprit de sa fille s'élevait vers des sphères bien au-delà des tâches domestiques, avait préféré la laisser lire et rêver à sa guise. Elle l'observait parfois, absorbée par un roman ou une carte géographique, ou des écrits épistolaires à ses nombreux correspondants et secouait la tête avec un mélange d'agacement et de résignation.

– Apprends-lui au moins à faire la cuisine, disait souvent son père, inquiet. Quand elle quittera la maison pour voler de ses propres ailes, elle ne saura même pas faire cuire un œuf !

– Elle va tout me salir, répondait sa mère, excédée à l'idée de voir sa fille manipuler casseroles et ustensiles.

Ainsi, l'adolescente avait grandi dans une relative liberté, ses mains ne connaissant ni la rugosité du balai ni le poids des casseroles.

Une fois ses études terminées, elle quitta la maison familiale pour s'expatrier dans le département du Rhône, où une pénurie d'enseignants du primaire ouvrait des opportunités inattendues. C'est là, devant la porte de l'école normale, qu'elle rencontra celui qui deviendrait son époux. Tout alla très vite : un mariage modeste mais joyeux, suivi de la naissance de leur premier enfant, puis son premier poste dans une petite école rurale accueillant soixante-quinze élèves répartis en deux classes.

Débordée par les responsabilités, elle engagea une jeune fille pour l'aider durant ses heures de cours. Tandis que cette dernière balayait les sols, lavait le linge, s'occupait du bébé, elle pouvait, après le départ des élèves, s'installer à son bureau, dans la classe en dessous de l'appartement. Entourée de manuels scolaires et de cahiers d'élèves, elle corrigeait leurs exercices journaliers et préparait les cours du lendemain. Les années passèrent ainsi, rythmées par les rires d'enfants, les dictées et les leçons de géographie.

Après huit ans de cette vie absorbante et bien réglée pour un couple d'une vingtaine d'années, ils décidèrent de franchir un cap audacieux : ils traversèrent la Méditerranée pour s'installer en Tunisie, où les enseignants français étaient accueillis à bras ouverts. Là-bas, sous le soleil éclatant du Maghreb, dans une somptueuse villa, une nouvelle routine se mit en place. Une jeune femme nommée Béchira fut embauchée pour s'occuper du ménage, de la cuisine et des deux enfants. Cette présence bienveillante et discrète lui permit de se consacrer pleinement à sa nouvelle fonction, car d'enseignante du primaire elle était passée à prof de géographie dans un lycée de 3000 élèves.

Le soir, une fois les copies corrigées et les leçons préparées, elle aimait s'asseoir sur la terrasse, face à un horizon teinté de rouge et d'orange, où retentissait selon les heures, l'appel du muezzin du haut du minaret.

Elle se demandait parfois ce qu'aurait pensé sa mère en la voyant ainsi, dans une maison impeccable, mais sans jamais avoir eu à manier ni balai ni éponge.

Après avoir exploré les pays du Maghreb et fait une incursion dans le Sahara algérien jusqu'à Timimoun, où les dunes semblaient danser sous un soleil impitoyable, ils décidèrent de poursuivre leur aventure plus loin encore. Un poste en Côte d'Ivoire leur ouvrit de nouvelles perspectives, les plongeant dans un univers radicalement différent.

La vie en brousse fut un choc. Leur logement, sommaire et à peine équipé, laissait passer les murmures nocturnes de la nature. Les serpents, parfois tapis dans le jardin, semblaient surveiller les lieux comme des gardiens silencieux. La moiteur étouffante du climat s'insinuait partout, rendant chaque tâche quotidienne plus exigeante. Mais ce qui les frappait le plus, c'était la végétation luxuriante qui semblait engloutir le paysage, avec ses arbres immenses, ses fleurs éclatantes et ses lianes qui s'accrochaient à tout ce qu'elles trouvaient.

Un soir, leur voisin leur prodigua un conseil qui allait changer leur quotidien :

– Vous n'avez pas le choix, vous devez trouver un boy pour le ménage, sinon vous serez traité de « petit blanc ». Boy, ce n'est pas un rappel du colonialisme, c'est un emploi respecté ici, un gagne-pain pour toute une famille.

C'est ainsi que Kaïta entra dans leur vie. Grand, robuste, avec des muscles qui témoignaient d'années de travail acharné, il devint rapidement indispensable. Sa polyvalence était impressionnante : il entretenait le jardin, assurait le ménage, lavait et repassait les vêtements avec soin, préparait des plats savoureux mêlant les saveurs locales, et s'occupait des courses avec une efficacité redoutable, car il savait marchander les produits avec les vendeuses du marché. Mais ce qui marqua le plus la famille, c'était sa bienveillance envers leur fillette. Chaque matin, il l'installait sur le porte-bagages de son vélo et la conduisait à l'école. Elle riait en se tenant fermement à lui, confiante, protégée.

La maison brillait sous ses soins méticuleux, et elle n'eut bientôt plus besoin de lever le petit doigt. Cette harmonie dura une douzaine d'années, ponctuée de souvenirs empreints de chaleur humaine et de découvertes culturelles.

Mais le temps passe, et les aventures, si riches soient-elles, prennent parfois fin. Il fallut un jour se résoudre à rentrer en France.

Ils s'installèrent en banlieue lyonnaise, dans un appartement de 75 m². Le contraste était saisissant : les bruits de la ville remplaçaient les chants des oiseaux tropicaux, et la routine européenne reprenait ses droits.

Elle entreprit de prolonger ses études tout en enseignant dans un CEG grouillant de 500 élèves. Son emploi du temps, chargé à l'extrême, la laissait souvent épuisée. Compréhensif et aimant, son époux prit alors les rênes du ménage, lui offrant le luxe de consacrer ses soirées aux livres et aux examens.

Une dizaine d'années plus tard, ils firent un nouveau choix de vie, celui de la retraite, et posèrent leurs valises en Aveyron. Là, au cœur d'un paysage apaisant de collines verdoyantes et de petits villages aux pierres dorées, ils trouvèrent la sérénité de la vie à la campagne.

Les habitudes étant bien ancrées, il continua à l'aider dans les tâches ménagères, mais avec une répartition subtilement ajustée. Il se réservait volontiers la vaisselle et la cuisine, qu'il exécutait avec soin et une certaine fierté, lui laissant le reste. Pour la première fois, elle se retrouva à manier l'aspirateur, à passer la serpillière, à ramasser les feuilles mortes qui jonchaient le jardin en automne. Ces gestes, qu'elle avait autrefois à peine remarqués, prenaient désormais une place inattendue dans son quotidien.

C'est alors qu'elle réalisa, presque avec stupeur, combien elle avait été privilégiée. Pendant des années, elle avait été soustraite à ces corvées, protégée par l'attention discrète mais constante de ceux qui l'entouraient. Elle mesurait maintenant la chance qu'elle avait eue, non seulement d'être épaulée, mais aussi d'avoir partagé une complicité dans les gestes les plus simples de la vie de tous les jours.

Les saisons s'écoulaient, marquées par ce partage des tâches devenu une routine. Le ronronnement de l'aspirateur, le cliquetis de la vaisselle dans l'évier, le parfum de la cire fraîchement appliquée sur les meubles… Ces bruits et odeurs étaient comme une musique domestique qui accompagnait leur vie commune. Mais un jour, tout bascula.

La mort, implacable et silencieuse, emporta son conjoint, laissant un vide immense et irréparable. Elle se retrouva seule, désemparée face à une situation qui lui semblait soudain plus vaste et plus pesante. Chaque objet, chaque coin de la maison semblait murmurer son absence. La chaise qu'il occupait à table paraissait étrangement vide, et les vêtements qu'il avait laissés derrière lui, suspendus dans l'armoire, semblaient attendre un retour qui n'aurait jamais lieu.

Au début, elle errait dans la maison, perdue dans ses souvenirs. Les photos encadrées sur les étagères devenaient des fenêtres ouvertes sur des instants heureux, mais aussi des rappels douloureux de ce qui était à jamais révolu. Elle redoutait le silence, si profond qu'il en devenait assourdissant.

Pourtant, au milieu de cette solitude oppressante, quelque chose commença à changer. Peu à peu, elle sentit poindre un frémissement, une lueur fragile mais persistante. Ce vide qui l'entourait, elle comprit qu'elle pouvait le remplir autrement. Elle se surprit à redécouvrir des plaisirs simples : le goût d'un café pris lentement devant une fenêtre, le bruissement des feuilles dans le jardin qu'elle continuait de ratisser, ou encore la chaleur d'un rayon de soleil qui traversait la pièce en fin d'après-midi.

Elle réalisa que cette nouvelle histoire, bien qu'imposée par la vie, pouvait être une occasion de renouer avec elle-même. Elle entreprit de réorganiser la maison, non pour effacer les traces du passé, mais pour y insuffler un souffle nouveau. Chaque geste devenait une forme de dialogue avec ce qu'elle avait perdu, mais aussi avec ce qu'elle pouvait encore construire.

Ce fut le début d'une existence différente, où elle apprit à s'appuyer sur ses propres forces, à écouter ses envies, et à trouver dans le quotidien des instants de beauté et de sérénité. Mais cette situation ne devait pas durer.

Chapitre 2
Décision de sa fille

Sa fille, de passage un jour chez elle, joua les éléments perturbateurs par son intervention :

– Tu ne peux pas continuer ainsi à 80 ans, tu dois prendre quelqu'un pour t'aider à faire le ménage. Tu auras une maison propre, impeccable.

Les mots, prononcés avec la fermeté teintée de douceur par une fille inquiète, avaient frappé comme une cloche dans le silence paisible de la maison. Elle fut surprise par cette proposition, n'ayant jamais envisagé d'introduire chez elle une personne étrangère qui bouleverserait son quotidien si bien réglé, ses habitudes précieuses, et cette intimité qu'elle chérissait depuis la disparition de son conjoint.

– Je n'ai pas besoin d'aide, je me débrouille très bien toute seule, répondit-elle avec une pointe d'agacement.

Mais sa fille ne l'entendait pas ainsi. Déterminée, elle avait immédiatement saisi son téléphone, ignorant les protestations de sa mère.

– Allô, Pierre ? Oui, c'est moi. Dis-moi, tu n'aurais pas quelqu'un de sérieux à me recommander pour aider maman ?... Oui, pour le ménage, une fois ou deux par semaine… Ah, parfait ! Lundi ? Super, merci beaucoup !

Avant que sa mère n'ait eu le temps de répliquer, le plan était déjà en marche. La fille raccrocha avec un sourire satisfait, sûre d'avoir fait ce qu'il fallait.

– Voilà, c'est réglé. Quelqu'un passera lundi pour discuter des horaires et des détails avec toi.

Elle n'écouta pas les murmures contrariés de sa mère, qui restait figée dans son fauteuil. Elle n'était pas satisfaite de cette initiative prise sans son consentement comme si elle n'avait plus droit à la parole.

– Tu verras, ça te fera du bien. La maison sera impeccable, et ça te fera de la compagnie.

Elle embrassa rapidement sa mère, ramassa son sac et s'apprêta à repartir pour la Bretagne, confiante et fière du devoir accompli.

Une fois la porte refermée, le silence revint, mais il n'était plus le même.

Cette initiative prise sans son consentement la laissait avec un goût amer. Elle avait l'impression d'avoir été dépossédée de son droit de décider, comme si, à son âge, sa parole n'avait plus de poids. Elle observa un moment les murs de sa maison, témoins de tant de souvenirs, et soupira. L'idée qu'un étranger pénètre cet espace intime, touche à ses affaires, change son rythme de vie, l'angoissait profondément.

Cependant, une petite voix, quelque part en elle, lui murmurait qu'il était peut-être temps d'accepter une aide. Pas pour elle, mais pour rassurer sa fille. Après tout, n'était-ce pas une preuve d'amour que de se plier à ses inquiétudes ?

Mais cette décision, bien que nécessaire, lui semblait comme un pas de plus vers une vie qu'elle ne reconnaissait plus, une vie où elle devait faire de la place à l'inconnu.

Chapitre 3
Hugo

Le lundi arriva plus vite qu'elle ne l'aurait voulu. Toute la matinée, elle tourna en rond dans la maison, cherchant une occupation pour calmer son appréhension. Elle ajusta un coussin sur le canapé, épousseta des étagères déjà propres et changea trois fois de gilet, comme si le choix de sa tenue allait influencer la rencontre.

À onze heures précises, on frappa à la porte. Elle sursauta légèrement, puis inspira profondément avant d'aller ouvrir.

Sur le seuil se tenait un homme d'une quarantaine d'années, grand, mince, avec un sourire aimable et des yeux bleus pétillants d'une bienveillance qui semblait sincère. Tout en lui inspirait la sympathie. Il portait un sac en bandoulière usé, mais propre, et une chemise bleu clair qui évoquait une simplicité rassurante.

– Bonjour, madame. Je suis Hugo. Votre fille m'a dit que vous cherchiez un peu d'aide pour la maison.

Elle resta un instant interdite, surprise par la voix douce et posée de cet homme qui ne correspondait pas du tout à l'image stricte et impersonnelle qu'elle s'était imaginée d'une aide -ménagère.

– Entrez, dit-elle finalement, en se reculant pour le laisser passer.

Hugo entra avec précaution, comme s'il craignait de déranger. Il posa son sac près de l'entrée et promena un regard discret mais attentif sur la pièce.

– Vous avez une maison très chaleureuse, observa-t-il. On sent qu'elle a une histoire.

Cette remarque, anodine en apparence, la toucha plus qu'elle ne voulait l'admettre.

– Oui, elle en a, murmura-t-elle.

Ils s'installèrent à la table de la cuisine pour discuter des détails. Hugo écouta patiemment ses réticences, ses habitudes, ses attentes. Il ne fit aucune remarque déplacée, ne montra aucun signe d'agacement face à ses hésitations. Au contraire, il semblait comprendre.

– Je ne suis pas là pour tout chambouler, dit-il avec un sourire. Juste pour vous aider un peu. On peut commencer doucement, une ou deux heures par semaine, et si ça ne vous convient pas, on arrête.

Elle hocha la tête, un peu rassurée.

– D'accord. On peut essayer.

Ils convinrent d'un premier rendez-vous le mercredi suivant. Quand il partit, elle se sentit à la fois soulagée et intriguée. Hugo n'était pas l'étranger envahissant qu'elle redoutait. Il y avait quelque chose chez lui, une présence apaisante, presque familière, qui laissait entrevoir que cette rencontre pourrait être plus qu'un simple arrangement pratique. Un magnétisme émanait de sa personne et elle se sentait déjà conquise.

Elle ne savait pas encore que cet homme allait bouleverser bien plus que la propreté de sa maison.

Chapitre 4
Première journée

Le mercredi matin, elle se réveilla avec une pointe d'appréhension mêlée de curiosité. Elle avait préparé un petit plateau avec du café et des biscuits, comme pour accueillir un invité, bien qu'elle se soit dit plusieurs fois que ce n'était pas nécessaire.

À neuf heures précises, Hugo frappa à la porte. Cette ponctualité presque militaire la fit sourire.

— Bonjour, madame. Prête pour qu'on s'y mette ?

Elle acquiesça, un peu nerveuse.

— Vous prendrez bien le café avant de commencer, invita-t-elle avec un sourire engageant.

Il ne refusa pas :

— Mais vite fait, ajouta-t-il.

Il parut touché par cette marque de politesse, mais un peu gêné. Ensuite, il enfila des gants et sortit de son sac des produits d'entretien, soigneusement rangés dans de petites pochettes.

— Vous me dites par quoi on commence ? Je ne veux rien faire sans votre accord.

Cette phrase, si simple, la mit immédiatement à l'aise. Elle lui montra la cuisine, où les placards auraient bien besoin d'un nettoyage en profondeur. Hugo se mit au travail avec une méthode et une précision qui la laissèrent admirative. Pendant qu'il s'affairait, elle resta dans un coin de la pièce, l'observant discrètement.

– Vous pouvez vous asseoir, madame, dit-il en souriant sans se retourner. Je vous promets que je ne vais pas abîmer vos affaires.

Elle se sentit rougir, prise en flagrant délit. Elle s'assit finalement à la table, les mains croisées, et engagea timidement la conversation.

– Vous faites ça depuis longtemps ?

– Quelques années, répondit-il en continuant à essuyer les étagères. J'ai travaillé dans pas mal de domaines avant, mais j'aime bien ce métier. On rencontre des gens, on apprend des choses.

– Apprendre des choses ? répéta-t-elle, intriguée.

– Oui. Chaque maison raconte une histoire. Parfois, c'est dans les objets qu'on trouve sur une étagère, parfois dans la façon dont les gens parlent de leur quotidien.

Elle resta silencieuse un moment, réfléchissant à ses paroles.

Quand il eut terminé la cuisine, il lui montra le résultat. Les placards brillaient, les étagères semblaient avoir retrouvé une jeunesse.

– Alors, qu'en pensez-vous ? demanda-t-il avec un sourire.

– C'est... impeccable, murmura-t-elle, presque émue.

Elle lui proposa une nouvelle tasse de café, qu'il accepta avec plaisir. Ils s'assirent à la table, et pour la première fois depuis longtemps, elle se surprit à parler d'elle-même. Elle lui raconta quelques souvenirs, des anecdotes sur la maison, sur son défunt mari, sur sa fille qui vivait au loin. Hugo écoutait en posant de petites questions qui montraient un réel intérêt pour ses histoires, sans jamais être intrusif. Cela la surprit, car elle n'avait pas l'habitude de se confier à quelqu'un d'extérieur.

– Vous avez eu une belle vie ici, lui dit-il après un silence. Ce n'est pas tout le monde qui a la chance de vivre dans un endroit aussi chargé de souvenirs.

Elle sourit tristement.

– Oui, mais... il y a des choses qu'on n'a plus envie de garder, parfois.

Hugo ne répondit pas immédiatement, respectant son silence. Puis, il changea de sujet, parlant des petits détails qu'il avait remarqués dans la maison. Il évoqua une vieille horloge, une photo jaunie sur le buffet du salon, un livre sur l'étagère.

– Ce sont des objets qui ont une histoire, n'est-ce pas ?

Elle hocha la tête, les yeux un peu embués.

– Oui... chaque objet ici me rappelle quelqu'un, un moment. Mais parfois, ces souvenirs sont trop lourds.

Il sembla comprendre sans qu'elle n'ait besoin d'en dire plus. Après avoir terminé son café, Hugo se leva pour partir.

– Je reviendrai vendredi, à la même heure. Si vous avez besoin de quelque chose, n'hésitez pas à m'appeler.

Elle le suivit jusqu'à la porte, le regardant s'éloigner dans le jardin, un peu perdue dans ses pensées. Elle se rendit compte qu'elle avait fini par accepter l'intrus dans son domaine sans ressentir de malaise durant toute l'intervention, ce qui était inhabituel pour elle.

Les jours suivants, elle se sentit un peu moins seule. Hugo venait chaque semaine, toujours avec la même ponctualité et le même respect. Il ne se contentait pas de faire le ménage ; il apportait avec lui une présence apaisante, comme un souffle léger qui emplissait non seulement la maison mais son cœur. Il était très méticuleux dans sa tâche, il secouait les rideaux chargés de la poussière des ans, repérait une fourchette mal lavée dans un tiroir, il effectuait sa tâche avec douceur, délicatesse et quand elle l'observait une grande quiétude s'emparait d'elle.

Au fil des semaines, elle lui confia des souvenirs de son mari, des petites anecdotes sur leur vie commune. Elle lui parla des moments où ils s'étaient rencontrés, des premières vacances, des fêtes familiales. Hugo écoutait, parfois en silence, parfois en posant une question, toujours avec un regard attentif, comme s'il mesurait l'importance de chaque mot.

Un jour, alors qu'il nettoyait la bibliothèque, il s'arrêta devant un vieux livre relié en cuir.

– Ce livre… il est spécial pour vous ? demanda-t-il en le prenant délicatement.

Elle le regarda, étonnée par son intérêt.

– Oui, c'est celui que mon mari m'a offert pour nos dix ans de mariage. Il m'avait écrit un mot dedans.

Elle s'approcha et, d'un geste hésitant, ouvrit le livre à la première page. Le mot, inscrit à la main, était toujours là, presque aussi net qu'au premier jour.

Il disait : « À toi, qui as su voir la beauté dans les petites choses, même quand le monde semble tout obscurcir. »

Les mots résonnèrent dans la pièce, et pour un instant, elle se sentit transportée dans un autre temps, celui où son mari était encore là, à ses côtés. Hugo, lui, avait observé la scène en silence, comme respectant la profondeur du moment.

– C'est un beau souvenir, dit-il doucement.

Elle hocha la tête, un léger sourire aux lèvres.

– Oui, c'est un beau souvenir.

Chapitre 5
L'attente

Les semaines passèrent, et la maison devint non seulement plus propre, mais aussi plus vivante. Elle commença à attendre les visites d'Hugo avec une curiosité nouvelle, comme si chaque passage était une petite aventure, une occasion de se découvrir un peu plus, elle-même, mais aussi lui. La maison, autrefois figée dans la routine, semblait se transformer peu à peu. Hugo, avec sa discrétion et sa gentillesse, était devenu une présence régulière et presque rassurante. La solitude de la vieille dame, bien que toujours présente, se faisait moins pesante. Elle attendait ses visites avec une impatience qu'elle n'aurait jamais cru possible.

Un matin, alors qu'Hugo nettoyait les fenêtres, elle s'assit à la table, le regard perdu dans le jardin. Elle se rendait compte qu'il n'était pas seulement un aide-ménager pour elle, mais un confident silencieux. Ses conversations avec lui, bien que simples et sans prétention, l'avaient aidée à se réconcilier avec des souvenirs enfouis, à redécouvrir des plaisirs oubliés.

Elle lui posa une question qu'elle n'avait pas encore osé lui poser.

– Hugo… pourquoi avez-vous choisi ce métier ?

Il s'arrêta un instant, puis se tourna vers elle, son regard sincère.

– Pour moi, chaque maison a une histoire à raconter. Et j'aime écouter ces histoires. Elles me rappellent qu'on n'est jamais vraiment seul.

Elle le regarda longuement, touchée par sa réponse.

– Je crois que vous avez raison, dit-elle doucement.

Elle ne savait pas encore que, petit à petit, Hugo allait devenir bien plus qu'un simple aide-ménager. Il allait devenir une présence qui allait, sans qu'elle s'en rende compte, combler le vide qu'elle portait en elle.

– Hugo, dit-elle soudainement, sans se tourner vers lui, tu ne te lasses jamais de faire ce travail ?

Il s'arrêta un instant, comme s'il réfléchissait à la question, puis répondit calmement.

– Non, pas vraiment. Chaque jour est différent. Chaque maison est différente. Et chaque personne aussi.

Elle sourit à ses mots, touchée par la simplicité de sa réponse.

– C'est vrai… Je crois que je commence à comprendre.

Il se tourna vers elle, un léger sourire sur les lèvres.

– Comprendre quoi ?

– Que les petites choses, comme nettoyer, ranger, ont leur importance. Elles nous rappellent qu'on est encore là, qu'on existe.

Hugo s'approcha lentement, posant le chiffon qu'il tenait sur la table.

– Vous avez raison. Parfois, ce sont les petites choses qui nous permettent de tenir.

Elle le regarda, un peu surprise par la profondeur de ses paroles. Il y avait quelque chose de mystérieux chez lui, une sorte de sagesse tranquille, une force rassurante qu'elle ne parvenait pas à cerner. Mais ce n'était pas cela qui l'intriguait le plus. C'était cette capacité qu'il avait de la faire sentir vivante… comme si, au-delà de son âge et de ses souvenirs, elle avait encore une place dans ce monde.

– Tu sais, Hugo, j'ai l'impression qu'on se connaît depuis toujours.

Il posa, son regard sur elle d'une manière qu'elle n'avait pas vue jusque-là.

– Parfois, il suffit de peu de choses pour se sentir proche de quelqu'un, répondit-il, un peu plus bas.

Elle se sentit soudainement vulnérable, comme si quelque chose d'indéfinissable s'était installé entre eux, un fil invisible qui les reliait.

– Tu as raison, murmura-t-elle.

Chapitre 6
L'attachement

Les jours suivants, elle se rendit compte qu'elle attendait ses visites avec une autre forme d'impatience, plus marquée. Il n'était plus seulement l'homme qui venait nettoyer la maison, il était devenu quelqu'un d'important pour elle. Elle avait commencé à chercher des excuses pour passer plus de temps avec lui, pour l'inviter à prendre un café, pour discuter de tout et de rien. Il acceptait toujours, avec cette même douceur, comme si rien n'était jamais trop pressé.

Un après-midi, alors qu'il nettoyait le carrelage mural de la cuisine, elle se leva et s'approcha de lui.

– Hugo, tu as des projets pour l'avenir ?

Il s'arrêta un instant, surpris par la question. Puis, avec un sourire un peu mystérieux, il répondit.

– Peut-être. Mais pour l'instant, je suis bien là où je suis.

Elle le regarda longuement, comme si elle cherchait à comprendre quelque chose dans son regard. Puis, d'un geste presque imperceptible, irréfléchi, elle posa sa main sur son bras et ressentit un long frisson la parcourir à ce contact.

– Merci d'être là, Hugo. Tu ne sais pas à quel point tu comptes pour moi, dit-elle dans un murmure.

Il la fixa un instant, puis, avec un sourire doux, lui répondit.

– C'est un plaisir aussi pour moi.

Et ce fut tout. Un échange simple, mais lourd de sens. Elle ne savait pas encore ce que l'avenir leur réservait, mais une chose était sûre : Hugo avait changé son existence. Il lui avait redonné une forme de présence, une forme de vie qu'elle pensait perdue à jamais.

Elle ne savait pas si cela allait évoluer en quelque chose de plus, mais elle n'était plus pressée de le savoir. Pour la première fois depuis longtemps, elle se sentait en paix, simplement en sa compagnie, enveloppée d'un bien-être sans nom. Sans chercher à comprendre ce qui se passait en elle, elle voulait vivre le temps présent sans se poser de question en laissant parler son cœur.

La relation entre Hugo et la vieille dame prit une tournure différente. Ils ne parlaient pas directement de ce qui se passait entre eux, mais leurs gestes, leurs silences, leur complicité silencieuse disaient tout. Elle attendait ses visites avec une douce impatience, et il venait toujours avec la même tranquillité, comme si sa présence était devenue une partie intégrante de son quotidien.

Un après-midi de printemps, alors qu'ils étaient assis ensemble sur la terrasse après avoir terminé le ménage,

Hugo se tourna vers elle avec un regard un peu plus sérieux que d'habitude.

— Vous savez, madame, je pense que vous avez beaucoup à offrir.

Elle le regarda, surprise par la profondeur de sa remarque.

— À offrir ? Moi ? Mais j'ai 80 ans, Hugo. Je n'ai plus grand-chose à offrir à ce monde.

Il secoua doucement la tête, comme pour contredire ses paroles.

— Vous avez une histoire à raconter. Et parfois, raconter son histoire, c'est la plus belle chose qu'on puisse faire.

Elle sourit, un peu amusée.

— Et toi, Hugo ? Qu'est-ce que tu as à offrir ?

Il sembla hésiter un instant, comme si la question le prenait de court. Puis, il répondit avec un léger sourire.

— Peut-être que je n'ai pas encore trouvé ce que j'ai à offrir. Mais je crois que j'ai beaucoup à apprendre.

Elle le regarda, son regard se perdant un moment dans le jardin. Les fleurs commençaient à éclore, caressées par une brise douce et il lui prit la main. Un silence s'installa entre eux, comme une évidence.

Au fil des jours, elle se rendit compte qu'elle attendait de plus en plus ces moments avec Hugo. Il n'était plus seulement l'homme qui venait faire le ménage, il était devenu un compagnon de solitude, un confident, quelqu'un qui, sans jamais rien dire de trop, parvenait à l'apaiser.

Un jour, alors qu'ils étaient dans le salon, elle lui demanda, d'une voix presque timide :

– Hugo, pourquoi es-tu venu ici, dans cette ville ?

Il la regarda, un peu surpris par la question, puis répondit d'un ton calme.

– Je cherchais un changement. Une sorte de pause. J'avais besoin de me retrouver, de prendre du recul, la vie ne m'a pas gâté, acheva-t-il en un soupir.

Elle le fixa un moment, comme si elle cherchait à comprendre ce qu'il voulait dire.

– Et tu t'es retrouvé ici, chez moi…

Il sourit légèrement.

– Oui, je suppose que c'était un peu le hasard. Mais je crois que tout arrive pour une raison.

Elle hocha la tête, son regard se perdant dans la pièce.

– C'est vrai. Je crois aussi que tout arrive pour une raison.

Les jours suivants, la complicité entre eux se renforça. Un soir, alors qu'il venait de terminer son travail, elle lui proposa un dîner. Elle n'avait pas l'habitude d'inviter quelqu'un chez elle, mais il y avait quelque chose de naturel dans ce geste, quelque chose qui semblait évident.

– Tu es sûr que tu en as le temps ? demanda-t-elle, un peu hésitante.

– Bien sûr, répondit-il avec un sourire. C'est un plaisir, je vis seul et personne ne m'attend.

Ils partagèrent un repas simple, mais agréable. Elle lui parla de son enfance, de ses voyages, de ses rêves d'autrefois. Il l'écoutait avec attention, posant des questions, riant parfois, comme si, au fil du repas, ils se découvraient sous un jour nouveau.

À la fin du dîner, alors qu'il se levait pour partir, il la regarda, une lueur dans les yeux.

– Vous savez, madame, vous avez un don pour rendre les choses simples… mais belles.

Elle rougit légèrement, touchée par ses paroles.

– C'est peut-être la vieillesse qui me donne cette sagesse, répondit-elle avec un sourire.

Il sourit en retour, mais cette fois, quelque chose dans son regard changea. Un regard plus profond, plus intense, comme si une porte venait de s'ouvrir entre eux.

– Vous êtes plus jeune que vous ne le pensez, dit-il doucement.

Elle le regarda, un peu surprise par la tendresse de ses mots. Mais avant qu'elle n'ait pu répondre, il s'éclipsa, comme s'il avait laissé derrière lui une trace invisible, un fil fragile mais puissant.

Les jours suivants, elle se surprit à penser de plus en plus à lui. Il n'était plus seulement l'homme qui venait faire le ménage. Il était devenu une présence qui habitait ses pensées, une présence qu'elle attendait avec impatience.

Un soir, alors qu'elle se tenait devant la fenêtre, regardant les étoiles, elle se rendit compte qu'elle n'avait jamais été aussi vivante, aussi présente à elle-même. Hugo, sans le savoir, avait réveillé quelque chose en elle, quelque chose qu'elle pensait éteint à jamais.

Elle n'avait pas encore de mots pour décrire ce qu'elle ressentait, mais une chose était sûre : sa vie venait de changer, doucement, imperceptiblement, mais de manière irréversible.

Chapitre 7
L'éveil des sentiments

Dans la pénombre douce du salon, assise dans son fauteuil, elle rêvait. Hugo était dans la cuisine, fredonnant un air qu'elle ne reconnaissait pas mais qu'elle trouvait apaisant.

Elle n'aurait jamais cru possible qu'à son âge, un tel trouble puisse encore naître en elle. Ses mains tremblaient légèrement sur l'accoudoir, et elle sentit son cœur battre plus vite en entendant les pas d'Hugo se rapprocher. Ce sentiment nouveau l'effrayait. Comment était-ce arrivé ? Elle, veuve depuis cinq ans, croyait avoir refermé à jamais ce chapitre de sa vie.

Elle repensait aux moments passés avec lui. Hugo avait une manière de parler, de la regarder, qui illuminait ses journées. Il n'était pas seulement là pour faire le ménage ou préparer ses repas. Il lui parlait de ses rêves, de ses voyages, et l'écoutait raconter ses souvenirs avec une attention qu'elle n'avait pas connue depuis longtemps.

Mais cette différence d'âge... Elle baissa les yeux sur ses mains ridées, si différentes de celles d'Hugo, pleines de vie et de jeunesse. « C'est ridicule », murmura-t-elle pour elle-même. Elle se sentait coupable, presque honteuse. Ce n'était pas convenable, pas raisonnable.

Elle se leva brusquement, cherchant une échappatoire à ce tumulte intérieur. « Il faut que je mette un terme à tout ça. » Mais à quoi exactement ? Renvoyer Hugo ? Elle imagina la maison vide de sa présence, ses journées redevenues monotones, le silence oppressant des heures qui s'étirent. Elle savait qu'elle n'y survivrait pas.

Un combat cruel s'engagea en elle. La raison lui dictait de préserver les apparences, de garder ses distances, mais son cœur, affamé de tendresse, lui murmurait de ne pas fuir. Elle se laissa tomber dans son fauteuil, les larmes aux yeux.

C'est à cet instant qu'Hugo entra dans la pièce, un plateau à la main.

– Ça ne va pas ? Vous êtes toute pâle.

Elle détourna le regard, incapable de soutenir ses yeux clairs.

– Je vais bien, Hugo. Ce n'est rien.

Elle essuya précipitamment ses larmes et répondit d'une voix tremblante :

– Oui, tout va bien, Hugo. Ne t'inquiète pas.

Mais même en disant ces mots, elle savait qu'il avait perçu son trouble.

Alors, il posa le plateau sur la table et s'agenouilla devant elle.

– Ne me mentez pas. Je vous connais assez maintenant pour savoir quand quelque chose vous tracasse.

Elle sentit une vague d'émotion monter en elle. Elle posa une main tremblante sur son visage.

– Hugo... Je... Je crois que je suis en train de perdre la tête.

Il fronça les sourcils, inquiet.

– Pourquoi dites-vous ça ?

Elle détourna les yeux, cherchant ses mots.

– Parce que je ressens des choses... que je ne devrais pas ressentir. Pas à mon âge. Pas pour toi.

Un silence tomba entre eux. Elle s'attendait à ce qu'il recule, qu'il se lève, qu'il la regarde avec horreur. Mais au lieu de cela, Hugo prit doucement sa main dans la sienne.

– Vous ne perdez pas la tête. Vous êtes humaine.

Elle releva les yeux, troublée par la douceur de son ton.

– Mais... c'est insensé. Tu es jeune, plein d'avenir. Et moi...

Hugo sourit, un sourire tendre qui fit fondre un peu de la glace qui enserrait son cœur.

– Vous êtes une femme exceptionnelle, qui m'a appris bien plus que je ne pourrais jamais lui rendre. Ce que je ressens pour vous n'a rien à voir avec l'âge.

Elle sentit les larmes couler sur ses joues, mais cette fois, elles étaient mêlées de soulagement.

– Mais comment... comment pourrait-on...

Il serra doucement sa main.

– À notre façon. Pas comme les autres. Nous n'avons pas besoin de règles ou d'approbation. Ce qui compte, c'est ce que nous partageons.

Elle ferma les yeux, laissant ces mots apaiser son esprit tourmenté. Peut-être avait-il raison. Peut-être que l'amour, à son âge, n'était pas une folie, mais un cadeau.

Chapitre 8
Le dilemme

Après son départ, elle s'était retirée dans sa chambre, mais ce n'était pas le sommeil qui l'attendait. Assise au bord de son lit, les mains croisées sur ses genoux, elle regardait son reflet dans le miroir de la coiffeuse. Il lui renvoyait l'image d'une femme âgée au regard inquiet, presque coupable.

Elle soupira profondément. « Comment ai-je pu en arriver là ? » Cette question tournait en boucle dans son esprit. Tout avait semblé si naturel au début. Hugo était arrivé dans sa vie comme une bouffée d'air frais. Avec son sourire chaleureux, le magnétisme qui se dégageait de sa personne et ses attentions discrètes, il avait redonné vie à cette maison qui lui semblait si vide depuis la mort de son mari.

Mais à quel moment cette affection simple s'était-elle transformée en quelque chose de plus profond ? Elle n'aurait su le dire. Peut-être lors de ce jour où il lui avait ramené un album de photos anciennes concernant le passé du village ou un bouquet de fleurs des champs, simplement pour illuminer sa journée.

Elle secoua la tête, comme pour chasser ces souvenirs. « Ce n'est pas normal. Ce n'est pas raisonnable. »

Ses pensées s'emballaient, la submergeant d'une vague de doutes et de peurs.

« Et lui, que pense-t-il vraiment ? Est-ce que je ne suis qu'une vieille dame à ses yeux, une sorte de grand-mère qu'il veut protéger ? Ou pire... est-ce qu'il se moque de moi, en silence, en voyant mes regards maladroits ? »

Elle se leva et commença à faire les cent pas dans la pièce. La différence d'âge était un gouffre qu'elle ne pouvait ignorer. Elle avait quatre-vingts ans, et lui à peine quarante. Que penseraient les autres si jamais ils apprenaient ce qu'elle ressentait ? Le village, toujours prompt à juger, en ferait une histoire scandaleuse. Elle imaginait déjà les murmures sur son passage, les regards pleins de pitié ou de mépris.

Et si ce n'était pas seulement une question de regard des autres ? « C'est injuste pour lui », pensa-t-elle avec amertume. « Il mérite une femme de son âge, avec qui il pourra construire un avenir. Moi, je ne suis qu'un poids. Une vieille femme avec ses habitudes, et ses années derrière elle. »

Elle s'arrêta net devant le miroir. Cette pensée la frappa comme une gifle.

« Et si je deviens un obstacle dans sa vie ? Et si je l'empêche de trouver le bonheur ailleurs ? »

Une idée terrible traversa son esprit : elle devait mettre fin à tout cela. Le renvoyer, couper court à cette relation avant qu'elle ne devienne plus douloureuse encore. Elle imaginait déjà la conversation : froide, distante, pour ne pas laisser transparaître son trouble. Mais à cette pensée, son cœur se serra si fort qu'elle dut s'asseoir.

« Non, je ne peux pas. »

Renvoyer Hugo, c'était comme arracher la dernière étincelle de vie qu'il avait rallumée en elle. Sans lui, la maison redeviendrait silencieuse, étouffante. Les jours s'étireraient, vides de sens, jusqu'à ce qu'elle se perde dans une solitude insupportable.

Elle porta une main tremblante à son cœur. « Je suis ridicule, égoïste. Mais si je le perds, je crois que j'en mourrais. »

Les larmes commencèrent à couler sur ses joues, silencieuses et brûlantes. Elle était prise dans un étau, incapable de choisir entre son cœur et sa raison.

Chapitre 9
Le baiser

Un après-midi de fin d'automne, alors qu'ils travaillaient ensemble dans le jardin, Hugo s'arrêta un instant, essuyant la sueur de son front. La vieille dame était penchée sur les fleurs, quand il la regarda, une lueur particulière dans les yeux.

– Vous avez toujours aimé le jardinage ? demanda-t-il, d'un ton presque solennel.

Elle tourna la tête vers lui, un sourire léger aux lèvres.

– Oui, j'ai toujours trouvé une forme de paix dans la terre, dans les plantes. C'est un peu comme une forme de méditation, tu sais.

Il hocha la tête, se rapprochant un peu d'elle, comme s'il voulait saisir l'essence de ses mots.

– Et maintenant, vous aimez toujours ?

Elle le fixa un instant, sentant la profondeur de la question. Elle posa ses outils, se redressant lentement.

– Maintenant… je crois que j'aime encore plus. Parce que, dans chaque fleur qui pousse, il y a une sorte de miracle. Un miracle que je n'avais pas vu avant.

Hugo s'approcha davantage, et leurs regards se croisèrent dans un silence lourd de sens. C'était comme si, à cet instant précis, tout le reste s'effaçait autour d'eux. Il n'y avait plus que la vieille dame et lui, deux âmes perdues qui se retrouvaient dans un jardin, au milieu des souvenirs et des espoirs.

– Et moi, je crois que je n'ai jamais vu un jardin aussi beau, dit-il doucement.

Elle sentit son cœur s'emballer légèrement, comme une flamme vacillante. Il y avait quelque chose de différent dans son regard, quelque chose qui lui faisait comprendre que leurs silences étaient devenus plus lourds, plus significatifs. Elle s'approcha un peu, comme attirée par une force invisible, et posa une main sur son bras.

– Hugo…

Il tourna lentement la tête vers elle, et leurs visages se rapprochèrent. Leurs respirations se mêlèrent, et avant qu'elle n'ait eu le temps de réfléchir, il posa ses lèvres sur les siennes, avec une douceur infinie, comme si ce baiser était une promesse silencieuse.

Elle resta figée un instant, surprise, puis répondit à son baiser avec la même douceur, comme si elle avait attendu ce moment sans le savoir. Il n'y avait pas de précipitation, pas de hâte, juste une lente fusion de leurs âmes, une tendresse qui se construisait dans le silence du jardin.

Quand ils se séparèrent enfin, elle baissa les yeux, gênée, mais aussi profondément émue. Elle n'avait jamais imaginé que cela pourrait arriver, que la vie lui offrirait encore une telle chance, une telle douceur après tant d'années de solitude.

– Je... je ne sais pas ce qui m'a pris, murmura-t-il, un peu troublé.

Elle leva les yeux vers lui, un sourire timide aux lèvres.

– Ce n'est pas grave, Hugo. Je crois que... je crois que c'était ce qui devait arriver.

Ils restèrent là, un moment, sans rien dire, juste à se regarder, le cœur battant dans une harmonie nouvelle. Le jardin autour d'eux semblait plus lumineux, comme si les fleurs elles-mêmes avaient pris vie dans ce moment suspendu. Alors il passa son bras autour de ses épaules et se dirigèrent lentement vers la maison. Le cœur de la vieille dame battait à se rompre...

Les jours suivants, les choses changèrent imperceptiblement. Ils n'étaient plus seulement deux personnes qui se croisaient dans le quotidien. Ils étaient devenus des âmes sœurs qui se redécouvraient dans les gestes les plus simples. Chaque sourire, chaque regard, semblait chargé d'une signification nouvelle.

– Je ne sais pas ce que l'avenir nous réserve, mais je sais que je suis heureux d'être ici, avec toi, dit-il un jour d'une voix pleine de sincérité.

Elle le regarda, un sourire serein aux lèvres, son cœur léger. Elle n'avait pas besoin de plus de mots. Elle savait, au fond d'elle, que l'amour ne se mesurait pas en années ou en blessures, mais en moments partagés, en petites attentions, en gestes tendres.

– Moi aussi, Hugo. Moi aussi.

Mais il y avait aussi une certaine peur, une crainte qu'elle ne parvenait pas à repousser. Elle avait 80 ans, et lui, bien plus jeune. Que pouvait-elle lui offrir, à part son amour et sa compagnie ? Elle ne voulait pas être un poids pour lui, ne voulait pas qu'il regrette ce qu'il avait fait.

Un soir, alors qu'ils étaient assis ensemble, elle brisa le silence.

– Hugo… Je suis vieille, et toi, tu es jeune. Je ne veux pas que tu te sentes obligé de rester avec moi.

Il la regarda longuement, son regard doux et apaisant.

– Je ne suis pas obligé de rester, dit-il simplement. Je veux rester. Parce que je crois que, même si nous avons des âges différents, il y a quelque chose entre nous qui n'a pas de prix.

Elle se sentit submergée par ses paroles, une chaleur douce envahissant son cœur.

– Tu as raison, murmura-t-elle. Il y a quelque chose entre nous…

Ils restèrent là, dans le silence du crépuscule, leurs mains entrelacées, conscients que, malgré les années qui les séparaient, leur amour avait trouvé un chemin, un chemin qui n'avait pas besoin de mots pour exister.

Chapitre 10
Confidences

Un soir, alors que la nuit tombait sur le jardin, la vieille dame remarqua qu'Hugo semblait plus silencieux que d'habitude. Il était venu pour son traditionnel ménage, mais il y avait quelque chose dans son attitude qui laissait transparaître une certaine mélancolie. Elle l'observa un moment, puis, avec une douceur qu'elle n'avait pas utilisée depuis longtemps, elle lui demanda :

– Hugo, tu sembles préoccupé ce soir. Est-ce que tout va bien ?

Il leva les yeux vers elle, surpris, comme s'il n'avait pas vu venir la question. Il prit une profonde inspiration avant de répondre, comme s'il hésitait à dévoiler une partie de lui qu'il avait toujours gardée enfouie.

– Ce n'est rien… Je suppose que c'est juste un jour comme un autre. Mais parfois, les souvenirs… ils refont surface, tu sais.

Elle se leva lentement, se dirigeant vers le canapé. Elle l'invita du regard à la rejoindre, et il s'installa à côté d'elle, dans un silence qui en disait long. Elle attendait, patiente, qu'il se confie, sans pression, sans urgence. Elle avait appris à respecter ses silences. Elle posa sa tête contre son épaule.

Le regard perdu dans le vide, comme s'il tentait de rassembler les morceaux épars d'une vie qui ne lui avait laissé que des cicatrices, il inspira profondément, puis commença son récit d'une voix rauque, chargée d'émotions contenues.

– Je ne sais pas par où commencer... Ma vie, ça a toujours été un peu comme un livre qu'on aurait commencé au milieu, sans jamais savoir ce qui se passait avant. Adopté tout bébé, j'ai vite compris que mes parents adoptifs n'étaient pas prêts pour ça. Ils m'ont donné un toit, oui, mais pas l'amour qu'un enfant a besoin de sentir pour grandir. Quand ils ont divorcé, j'ai été trimballé de famille d'accueil en famille d'accueil. À chaque fois, je croyais que ce serait la bonne, que je trouverais enfin un endroit où je pourrais m'ancrer, où je me sentirais... chez moi. Mais ça n'arrivait jamais. J'étais juste un gamin de plus, une bouche à nourrir.

Il s'interrompit un instant, le regard rivé au sol. Ses mains tremblaient légèrement, et il les serra l'une contre l'autre pour contenir ce tremblement. Sa gorge se serrait sous le poids des souvenirs.

– À force, j'ai arrêté d'y croire. Je me suis forgé une carapace. Mais à l'intérieur, c'était le chaos. Je voulais comprendre d'où je venais, qui j'étais. Mais personne n'avait de réponses à me donner. Alors, j'ai grandi en cherchant ces réponses tout seul, en errant d'un endroit à l'autre, d'une galère à l'autre.

Elle l'écoutait attentivement, sans l'interrompre, laissant chaque mot s'installer dans l'air comme une confession sacrée. Elle savait que ce qu'il venait de dire n'était qu'une petite partie de son histoire, mais elle sentait qu'il n'avait jamais vraiment parlé de tout cela à personne. Il poursuivit, la voix un peu plus tremblante, comme si ses souvenirs prenaient forme sous ses yeux.

– Puis, il y a eu cet accident… Sa voix se brisa, et il prit un moment pour reprendre son souffle. Il ferma les yeux, comme pour échapper aux images qui s'imposaient à lui. Il prit une profonde inspiration, sa voix tremblant légèrement.

Elle le regarda, ses yeux emplis de compassion, mais elle ne dit rien. Elle savait que certains souvenirs ne se partageaient pas facilement, que parfois, la simple présence de l'autre suffisait à alléger un fardeau trop lourd.

Hugo poursuivit, comme si les mots se libéraient enfin après des années de silence.

– C'était une soirée banale. Je sortais du boulot, fatigué mais satisfait d'avoir enfin un semblant de stabilité. J'étais sur la route, à quelques minutes de chez moi, quand tout a basculé. Ce chauffard… Il est arrivé de nulle part. Il roulait comme un fou. J'ai à peine eu le temps de voir ses phares avant qu'il me percute de plein fouet.

Il ferma les yeux, comme pour repousser les images qui le hantaient encore.

— Deux personnes sont mortes ce soir-là. Un couple. Ils n'avaient rien demandé, juste au mauvais endroit au mauvais moment. Moi, j'ai survécu, mais à quel prix ? J'ai passé des mois dans le coma. Quand je me suis réveillé, c'était comme si le monde avait continué sans moi. Mon corps était brisé, et ma tête... c'était pire. Tout était décalé. Les visages que je connaissais me paraissaient étrangers, les souvenirs flous, comme si je n'étais plus vraiment moi-même.

Un soupir profond s'échappa de ses lèvres.

— Après ça, tout s'est écroulé. J'ai perdu mon boulot. Plus de revenus, plus de maison. J'ai touché le fond, littéralement. Je dormais dans ma voiture, parfois dans des squats. Et dans ma tête... c'était le vide. Je pensais souvent à la mort. C'était comme si elle me suivait, comme une ombre. Je me disais que ce serait plus simple d'en finir.

Il releva les yeux, fixant un point invisible devant lui.

— Mais quelque chose, je ne sais pas quoi, m'a retenu. Peut-être la peur. Peut-être l'espoir, même si je ne voulais pas l'admettre. Alors, je suis là, aujourd'hui. Pas parce que je suis fort ou courageux, mais parce que, d'une manière ou d'une autre, j'ai continué à avancer. Même quand tout me disait d'arrêter.

Hugo se tut, laissant son histoire flotter dans l'air. Son visage était marqué par une douleur ancienne, mais aussi par une lueur, infime mais bien réelle, celle de quelqu'un qui, malgré tout, avait survécu.

Il releva les yeux, et cette fois, une lueur ténue brillait dans son regard.

– Ce que je sais, c'est que même dans le pire des moments, il y a des choses qu'on peut reconstruire. Ça ne veut pas dire que c'est facile, ni que ça efface tout. Mais… ça veut dire que c'est possible.

Les yeux de la vieille dame s'humidifièrent légèrement.

– Oh, mon pauvre garçon… Quelle solitude tu as dû ressentir !

Hugo haussa les épaules, un sourire amer étirant ses lèvres.

– Avec le temps, j'ai arrêté d'espérer. Je me suis blindé. Mais à l'intérieur… c'était le chaos. Je voulais comprendre qui j'étais, d'où je venais. Mais personne n'avait de réponses. Alors, j'ai grandi comme ça, en me débrouillant seul, en essayant de donner un sens à une vie qui semblait n'en avoir aucun.

La vieille dame hocha doucement la tête.

– Personne ne devrait avoir à porter un tel fardeau si jeune.

La vieille dame, incapable de retenir son émotion, se pencha légèrement vers lui, sa voix tremblante.

– Mais tu es là, aujourd'hui. Tu as survécu. Il doit y avoir une raison, Hugo. Une lumière, quelque part, même si elle est encore faible.

Hugo releva les yeux vers elle, surpris par l'intensité de ses mots.

– Peut-être... Peut-être que cette lumière existe. Mais je ne la vois pas encore clairement. Ce que je sais, c'est que je suis encore debout. Pas parce que je suis fort, mais parce que, d'une manière ou d'une autre, j'ai continué.

– Tu as traversé l'enfer, mais tu es ici. Et cela veut dire que tu as encore quelque chose à offrir au monde. Ne sous-estime jamais la force qu'il faut pour survivre.

Hugo baissa la tête, ému par cette tendresse qu'il n'avait que rarement connue. Pour la première fois depuis longtemps, il sentit que son histoire, aussi douloureuse soit-elle, méritait d'être entendue.

La vieille dame savait que ce qu'il venait de lui confier était lourd, un fardeau qu'il portait depuis trop longtemps sans pouvoir le partager. Elle se tourna vers lui, posant une main douce sur la sienne.

– Hugo... tu n'es pas seul, tu sais. Peu importe ce que tu as traversé, je suis là. Nous avons tous nos blessures, nos fantômes. Mais je crois que c'est dans ces moments-là qu'on trouve vraiment ce qui nous fait avancer.

Il la regarda, touché par sa tendresse, et un léger sourire se dessina sur ses lèvres. Ce sourire, pourtant timide, portait en lui une gratitude profonde, celle de pouvoir enfin être vu, entendu, sans jugement.

– Merci, dit-il simplement. Je crois que... je crois que je n'ai jamais vraiment eu quelqu'un pour me dire ça. Il se tourna vers elle, les yeux pleins de tristesse, mais aussi d'une certaine gratitude. Il poursuivit :

– La reconstruction, c'est un chemin long et tortueux. Tu crois que tu vas te retrouver, mais tu ne fais que perdre un peu plus de toi-même à chaque étape. Et même après tout ce temps, je ne suis pas sûr d'avoir retrouvé ma place. C'est comme si j'étais toujours en train de chercher quelque chose… quelque chose que je ne sais même pas définir.

Elle le regarda avec une tendresse infinie, comprenant que ce qu'il venait de partager était un fardeau qu'il portait depuis trop longtemps. Elle savait que ces blessures, bien que guéries en apparence, laissaient des cicatrices invisibles, des fissures qui ne se refermaient jamais complètement.

– Hugo, murmura-t-elle, je crois que la reconstruction n'est pas quelque chose que l'on fait seul. Parfois, il faut accepter d'être aidé, d'être soutenu. Et je crois que tu as trouvé un endroit où tu peux poser tes fardeaux, un endroit où tu n'as pas à porter tout ça tout seul.

Il la regarda, touché par ses mots, et un sourire triste mais sincère se dessina sur ses lèvres.

– Tu as raison… je crois que je n'ai jamais voulu admettre que j'avais besoin de soutien. J'ai toujours pensé que je devais me débrouiller seul, que c'était ma seule option. Mais… peut-être que je commence à comprendre que ce n'est pas un signe de faiblesse de demander de l'aide.

– Tu dois reprendre confiance en toi. Tu es un homme formidable, doué de nombreuses qualités, tu dégages un magnétisme puissant auquel on ne peut résister. Tu es beau, bien bâti, tu es très séduisant…

– N'en rajoute pas tu vas me faire rougir.

Elle lui serra la main, et un silence apaisant s'installa entre eux, comme si leurs âmes s'étaient retrouvées, liées par leurs histoires respectives. Hugo avait enfin brisé le mur qu'il avait construit autour de lui, et la vieille dame, avec sa douceur et sa compréhension, avait été le pont qui lui permettait de se libérer de ses chaînes invisibles. Ils restèrent là, ensemble, dans le silence apaisé du soir, un silence qui n'était plus lourd de non-dits, mais empreint de compréhension. Hugo avait partagé avec elle des morceaux de son passé qu'il n'avait jamais osé évoquer auparavant. Et elle, avec sa douceur et sa présence, l'avait aidé à poser un peu de ce fardeau qu'il portait depuis trop longtemps.

Chapitre 11
Les liens se resserrent

Les jours suivants, quelque chose changea entre eux. Hugo semblait plus serein, comme si le poids de son passé, bien qu'encore présent, avait perdu une partie de sa lourdeur. Ils passaient de plus en plus de temps ensemble, à parler de tout et de rien, à partager des silences qui n'étaient plus lourds, mais apaisants.

La relation entre Hugo et la vieille dame se tissa lentement, mais sûrement, comme un fil d'or qui ne cesse de se renforcer avec le temps. Ils avaient trouvé un équilibre dans leur quotidien, un équilibre fait de petits gestes, de silences partagés, et de conversations qui se prolongeaient tard dans la journée. Le jardin était devenu leur havre de paix, leur lieu secret où ils pouvaient se retrouver, seuls, loin des regards du monde.

Un jour de printemps, alors qu'ils travaillaient ensemble sur une nouvelle plate-bande de fleurs, Hugo se tourna vers elle, son visage marqué par une expression de réflexion.

– Tu sais, je n'avais jamais pensé qu'un jour, je trouverais la paix dans un jardin. Mais depuis que je suis ici, avec toi, je me sens plus calme, plus ancré.

C'est étrange, mais j'ai l'impression que je suis enfin là où je devrais être.

Elle leva les yeux vers lui, un sourire doux et bienveillant se dessinant sur ses lèvres.

– La paix, Hugo… c'est quelque chose que l'on trouve parfois là où l'on s'y attend le moins. Et peut-être que c'est le jardin qui nous l'a donnée, mais c'est aussi toi, ta présence, qui a apporté cette sérénité.

Il la regarda intensément, comme s'il découvrait un nouvel aspect de cette femme qu'il avait appris à connaître et à aimer. Il avait toujours vu en elle une sagesse tranquille, une force discrète, mais aujourd'hui, il y avait quelque chose de plus dans son regard, quelque chose qui le touchait profondément.

– Je crois que… je crois que je n'avais jamais vraiment compris ce que c'était, la paix, avant de te rencontrer. C'est comme si tu avais ouvert une porte en moi, une porte que je n'avais même pas su qu'il fallait franchir.

Elle baissa les yeux, émue par ses paroles. Elle n'avait jamais cherché à être un guide pour lui, mais elle comprenait maintenant que leur rencontre n'était pas le fruit du hasard. Hugo avait été une bouée de sauvetage pour elle, tout comme elle l'était pour lui. Ensemble, ils formaient un équilibre fragile mais beau, comme les fleurs qu'ils cultivaient avec tant de soin.

– Tu sais, Hugo, je n'ai jamais cru en ces choses que les gens appellent le destin, mais… je crois que parfois, les choses arrivent au moment où elles doivent arriver.

Et toi, tu es arrivé dans ma vie comme un rayon de soleil après la pluie.

– Je suis heureux que tu sois là, dit-il simplement. Je suis heureux de t'avoir trouvée, même si ce n'était pas ce que je cherchais. Parfois, la vie nous offre des choses qu'on n'aurait jamais imaginées.

– Hugo, murmura-t-elle, je crois que nous avons tous les deux traversé des épreuves, des souffrances. Mais je crois aussi que nous avons trouvé, dans l'autre, ce qui nous manquait. Ce qui compte, c'est que tu sois là, maintenant, et que tu aies trouvé un endroit où tu peux être toi-même, sans avoir à cacher ton passé.

Il hocha la tête, ses yeux remplis de tendresse.

– Oui... c'est ce que je ressens aussi. Et je crois que, peu importe ce qui arrivera, ce que nous avons est précieux. C'est une chose que je n'avais jamais connue avant.

Ils restèrent là, un moment, à se regarder dans le silence apaisé de l'instant.

– Tu sais, avant de te rencontrer, je n'avais jamais pensé que je pourrais un jour être en paix avec moi-même. Je pensais que mon passé me définissait, que j'étais condamné à être cet homme brisé par les épreuves. Mais... tu m'as montré que ce n'est pas la souffrance qui nous définit, mais ce que nous choisissons d'en faire. Et je crois que je commence à comprendre que je peux encore choisir.

Elle sourit, un sourire plein de sagesse et de tendresse. Elle savait que ces mots n'étaient pas faciles à prononcer pour lui, mais ils étaient un signe de sa transformation, de la façon dont il avait commencé à se voir autrement.

– Tu sais, je n'ai jamais eu de chance dans la vie, mais je crois que ce n'est pas ce qui compte. Ce qui compte, c'est ce que l'on fait de ce que l'on a. Et toi, tu m'as appris à regarder les choses autrement, à voir ce qui est beau, même dans la douleur.

– Je n'ai rien fait de spécial, Hugo. J'ai juste été là, à tes côtés. Parfois, c'est tout ce dont on a besoin. Juste être là, sans juger, sans chercher à réparer, mais simplement pour offrir un peu de compagnie, un peu de chaleur humaine.

– Et c'est déjà beaucoup, plus que tu ne le crois. Je ne sais pas ce que j'aurais fait sans toi.

Il hocha la tête, les yeux brillants de reconnaissance. Il savait qu'il n'était pas encore complètement guéri, qu'il avait encore un long chemin à parcourir, mais pour la première fois depuis longtemps, il se sentait prêt à avancer, à reconstruire, à vivre pleinement. Et il savait qu'il n'était pas seul.

Chapitre 12
Hugo renaît

Un jour, la vieille dame lui dit doucement :

– Hugo, tu as toute la vie devant toi. Tu as traversé tant d'épreuves, mais tu es encore là, debout, plus fort qu'avant. Et je crois qu'un jour, tu rencontreras quelqu'un qui t'aimera pour ce que tu es, pour tout ce que tu as traversé, et pour la personne que tu es devenue.

Il la regarda, un peu surpris par ses paroles. Un sourire timide se dessina sur ses lèvres, mais il semblait sceptique, comme si l'idée même de l'amour semblait lointaine, presque irréelle pour lui.

– Je ne sais pas, répondit-il. J'ai l'impression que l'amour est quelque chose qui appartient à un autre temps, à une autre vie. J'ai l'impression que ce n'est plus pour moi.

Elle s'approcha un peu plus près, son regard ferme mais bienveillant.

– Ce n'est pas parce que tu as traversé des tempêtes que le ciel est toujours gris, Hugo. L'amour, ce n'est pas quelque chose que l'on peut forcer, mais ce n'est pas quelque chose qui disparaît non plus. Il est là, quelque part, et il viendra quand tu t'y attendras le moins. Tu es un homme plein de qualités, d'une profondeur rare. Il y a quelqu'un qui verra cela, qui saura voir au-delà de tes cicatrices, et qui t'aimera pour l'homme fort que tu es devenu.

Il la fixa un moment, ses yeux cherchant à percer la vérité dans ses mots. Il ne savait pas si cela était possible, si un jour il pourrait réellement trouver l'amour après tout ce qu'il avait vécu. Mais il sentit dans sa voix une conviction tranquille, une certitude qu'il n'avait pas l'habitude de rencontrer. Peut-être qu'elle avait raison.

— Et toi, que penses-tu de tout ça ? lui demanda-t-il, presque comme un défi, mais aussi comme une recherche de réconfort.

Elle sourit, un sourire empreint de sagesse et de paix intérieure.

— Moi, je pense que l'amour se cache parfois dans les endroits les plus inattendus. Parfois, il faut juste savoir ouvrir son cœur, même un tout petit peu, pour qu'il trouve son chemin. Et même si je suis vieille, je crois encore que l'amour peut surgir à n'importe quel moment de la vie. Ne sous-estime pas ce que le temps peut t'apporter.

Il la regarda, touché par ses paroles. Un sentiment étrange, mélange de doute et d'espoir, naquit en lui. Peut-être qu'il n'était pas condamné à la solitude, peut-être que l'avenir lui réservait encore des surprises.

— Je suppose que je n'ai qu'à laisser le temps faire son œuvre, dit-il en soupirant.

Elle posa une main réconfortante sur la sienne, son geste doux et rassurant.

– Oui, Hugo, laisse le temps faire son œuvre. Mais n'oublie pas que tu as le droit d'être aimé, tu as le droit de t'ouvrir à la vie, à l'amour. Ne ferme pas ton cœur, même si c'est difficile. Un jour, tu verras que l'amour est là, prêt à t'accueillir, sans condition.

Il ferma les yeux un instant, comme pour laisser ses paroles s'imprégner en lui. Il savait que ce n'était pas facile, que ce chemin vers l'amour, vers l'acceptation de soi, serait long et semé d'embûches. Mais, pour la première fois depuis longtemps, il sentit un petit rayon d'espoir percer à travers les nuages de son passé.

– Merci, murmura-t-il, presque à voix basse. Merci pour tout ce que tu m'as donné. Je crois que j'ai encore beaucoup à apprendre, mais je me sens prêt à avancer.

Elle sourit, satisfaite de l'entendre parler ainsi. Elle savait qu'il avait encore des doutes, mais elle était convaincue qu'il finirait par trouver sa voie. Et, surtout, qu'il n'était plus seul dans son cheminement.

– Tu es sur la bonne voie, Hugo. Et je serai là, toujours, pour te soutenir.

Les jours suivants, Hugo se surprit à repenser aux paroles de la vieille dame. Chaque fois qu'il se retrouvait seul dans sa maison, il laissait ces mots résonner dans son esprit, comme une mélodie douce et persistante. Peut-être qu'elle avait raison. Peut-être que l'amour n'était pas une illusion, mais une possibilité qu'il avait négligée, un rêve qu'il avait enfoui sous les décombres de son passé.

Il décida de sortir plus souvent, de se mêler à la vie autour de lui. Ce n'était pas facile. Les souvenirs de l'accident, la douleur de sa reconstruction, tout cela le hantait encore. Mais, petit à petit, il comprit que se retirer du monde ne ferait qu'accentuer sa solitude. Il devait affronter ses peurs, sortir de son isolement, et peut-être, un jour, rencontrer quelqu'un qui l'accepterait pour ce qu'il était devenu.

Un après-midi, alors qu'il faisait une promenade dans le parc près de chez lui, il aperçut une jeune femme assise sur un banc, un livre ouvert devant elle. Elle semblait absorbée dans sa lecture, mais Hugo ne put s'empêcher de la regarder. Il n'avait pas l'habitude de s'attarder sur les gens, encore moins de les aborder. Mais quelque chose en elle, une sorte de sérénité, le poussa à s'avancer.

Il s'arrêta à quelques pas d'elle, hésitant. Puis, il se lança.

– Excusez-moi, dit-il d'une voix un peu timide. Je... je ne voulais pas vous déranger, mais... quel livre lisez-vous ?

Elle leva les yeux de son livre, un sourire chaleureux illuminant son visage. Elle avait des yeux clairs et un regard qui semblait sonder l'âme des gens. Elle répondit d'une voix douce, mais assurée.

– Oh, c'est un roman de Flaubert. Madame Bovary. Vous le connaissez ?

Hugo hocha la tête, même s'il n'avait jamais lu ce livre. Il se sentait un peu maladroit, mais il ne pouvait pas s'empêcher de continuer la conversation.

– Je… je crois que j'en ai entendu parler. Il paraît que c'est une histoire assez complexe, non ?

Elle rit légèrement, un son agréable qui réchauffa l'air frais de l'après-midi.

– Oui, en effet. C'est une histoire sur les désirs, les rêves et les réalités qui se confrontent. Mais c'est aussi une histoire de quête, de recherche de sens dans un monde qui semble souvent nous échapper.

Hugo se sentit soudainement intrigué par ses mots. Peut-être qu'il y avait quelque chose de plus dans cette rencontre, quelque chose qu'il n'avait pas vu au premier abord. Il s'assit lentement sur le banc, à une distance respectueuse, mais assez près pour engager une conversation.

– Vous croyez que l'on peut trouver un sens à la vie, même après tout ce qu'on a vécu ? demanda-t-il, sa voix trahissant une certaine vulnérabilité.

Elle le regarda, surprise par la profondeur de sa question, mais son regard se fit plus doux, plus compréhensif.

– Je crois que oui. La vie est faite de hauts et de bas, mais chaque expérience, même la plus difficile, nous apprend quelque chose. Ce qui compte, c'est ce que l'on fait avec ces leçons. Nous pouvons choisir de nous laisser submerger par la douleur, ou nous pouvons choisir de grandir, d'apprendre à nous connaître davantage, et peut-être même à aimer à nouveau.

Ses mots résonnèrent profondément en Hugo. Il n'avait pas l'habitude de partager ses pensées aussi librement, mais quelque chose dans la manière dont elle parlait lui donnait envie de s'ouvrir.

– Vous avez raison, répondit-il après un moment de réflexion. J'ai vécu des choses… difficiles, et parfois, je me demande si je serai un jour capable de tourner la page, de trouver un sens à tout ça. Mais peut-être que, comme dans ce livre, il y a un chemin à suivre, même si on ne sait pas exactement où il mène.

Elle sourit, un sourire qui semblait comprendre tout ce qu'il portait en lui.

– Le chemin, c'est celui que l'on choisit de prendre. Et parfois, il suffit de faire un premier pas, même hésitant, pour que tout le reste se mette en place. Vous n'êtes pas seul dans votre quête. Même si vous avez l'impression de marcher seul, il y a toujours des personnes qui croisent votre route, qui vous aident à avancer, même sans le savoir.

Hugo la regarda, un sentiment étrange se formant dans son cœur. C'était la première fois qu'il se sentait aussi compris, aussi vu, depuis longtemps. Peut-être qu'il y avait encore de l'espoir pour lui. Peut-être qu'il n'était pas trop tard pour ouvrir son cœur à la vie, à l'amour.

– Merci, dit-il simplement. Je crois que j'ai encore beaucoup à apprendre, mais je vais essayer de faire ce premier pas.

Elle hocha la tête, comme si elle savait exactement ce qu'il ressentait.

– C'est tout ce que l'on peut faire, après tout. Faire le premier pas, et voir où il nous mène.

Les jours suivants, Hugo sembla se transformer. La vieille dame le remarqua dès leurs premières rencontres. Il était plus silencieux, souvent plongé dans ses pensées, comme s'il se retirait dans un monde intérieur qu'elle ne pouvait plus atteindre. Ses yeux, jadis empreints de douleur et de résignation, semblaient désormais chercher quelque chose au-delà de l'horizon, comme s'il apercevait une lueur au loin qu'il ne pouvait encore toucher, mais qu'il voulait absolument atteindre.

Elle l'observait en silence, sentant que quelque chose avait changé en lui depuis cette rencontre dans le parc. Il devenait plus distant, plus évasif, comme si un voile de rêve s'était posé entre eux. Chaque fois qu'ils se retrouvaient, elle le sentait ailleurs, perdu dans des pensées qu'il n'exprimait plus.

Un après-midi, alors qu'ils étaient assis dans le jardin, elle brisa le silence qui s'était installé entre eux.

– Hugo, dit-elle doucement, tu sembles… différent ces derniers jours. Tu es plus silencieux, plus rêveur. Est-ce que tout va bien ?

Il leva les yeux vers elle, comme s'il venait de sortir d'un rêve. Un léger sourire effleura ses lèvres, mais il ne répondit pas tout de suite. Il avait l'air préoccupé, comme s'il cherchait les mots justes pour expliquer ce qu'il ressentait.

– Je... je crois que j'ai trouvé quelque chose, dit-il enfin, d'une voix un peu lointaine. Une sorte de... d'espoir. Un sentiment que la vie peut encore m'offrir des choses. Je suis un peu perdu, mais je me sens aussi... plus vivant.

Elle le regarda attentivement, un léger frisson de compréhension parcourant son dos. Elle savait que ce changement venait de la rencontre avec cette jeune femme. La vieille dame avait perçu la manière dont ses yeux brillaient lorsqu'il en parlait, même s'il n'avait jamais prononcé son nom. Elle savait que quelque chose de nouveau se jouait dans son cœur, quelque chose qu'il n'était pas prêt à partager.

– Tu as rencontré quelqu'un, n'est-ce pas ? demanda-t-elle avec douceur, comme si elle avait vu juste.

Hugo se figea un instant, puis baissa les yeux. Il ne voulait pas mentir, mais il ne savait pas comment expliquer ce qu'il ressentait. Il n'avait pas encore mis de mots sur ses émotions, mais il savait que quelque chose avait changé en lui depuis cette rencontre. Il se sentait à la fois plus léger et plus vulnérable, comme si un poids s'était envolé, mais qu'il portait encore en lui une incertitude profonde.

– Oui, répondit-il enfin, d'une voix presque hésitante. J'ai rencontré quelqu'un. Elle... elle m'a fait voir les choses différemment. Elle m'a parlé de la vie, de l'amour, et de la possibilité de tout recommencer. Je ne sais pas encore ce que ça veut dire, mais… je me sens différent, comme si quelque chose se réveillait en moi.

La vieille dame l'observa en silence, un mélange de tendresse et de mélancolie dans les yeux. Elle savait que ce moment était important pour lui, mais elle ressentait aussi une forme de tristesse. Elle n'avait jamais voulu être un fardeau pour lui, mais elle ne pouvait s'empêcher de se sentir mise à l'écart, comme si cette nouvelle rencontre le tirait de son monde et le plaçait sur un chemin qu'elle ne pourrait pas suivre.

– Je vois, murmura-t-elle, un peu déçue, mais aussi heureuse pour lui. C'est bien, Hugo. Tu mérites d'être heureux. Mais… tu sais, tu n'as pas à t'éloigner de moi pour cela. Je comprends que ta vie prenne un autre tournant, mais je serai toujours là, même si tu changes. Nous avons partagé tant de choses, et je crois que, même si tu avances, tu n'as pas à me laisser derrière toi.

Hugo la regarda, un sentiment de culpabilité l'envahissant. Il n'avait jamais voulu la faire souffrir. Mais il sentait qu'il était en train de se redécouvrir, qu'il devait avancer, même si cela signifiait s'éloigner d'elle, au moins un peu.

– Je… je ne veux pas te blesser, dit-il en baissant la tête. C'est juste que je… je me sens perdu parfois. Et je crois que cette rencontre m'a montré que je peux encore espérer, que je peux encore aimer, même après tout ce que j'ai vécu.

Elle lui sourit doucement, mais il y avait une tristesse dans son regard. Elle savait que ce moment était inévitable. Les chemins de la vie les avaient réunis, mais ils n'étaient pas faits pour rester ensemble éternellement. Elle était là pour l'aider à se reconstruire, à se libérer de ses chaînes, mais elle savait qu'il devait maintenant voler de ses propres ailes.

— Hugo, tu as le droit de chercher ton bonheur, de trouver ton propre chemin. Je serai toujours là, mais je comprends que tu aies besoin de t'éloigner un peu. Ne t'en fais pas pour moi. Je veux juste que tu sois heureux, que tu trouves ce que tu cherches.

Il la regarda, ému par ses paroles. Il savait qu'elle avait raison. Il devait avancer, même si cela signifiait se détacher un peu d'elle. Mais il ne voulait pas la perdre. Pas complètement.

— Merci, murmura-t-il, les yeux brillants. Merci pour tout ce que tu m'as donné. Je n'oublierai jamais ce que tu as fait pour moi.

Elle lui prit la main, un geste simple mais plein de tendresse.

— Va, Hugo. Va vers ta vie, vers ton avenir. Mais souviens-toi que je serai toujours là, dans ton cœur, et que tu peux revenir quand tu en as besoin.

Les semaines passèrent, et Hugo se sentit peu à peu plus léger, comme si un poids s'était lentement dissipé, même si son passé restait encore un territoire sensible. Chaque jour, il s'efforçait de se réconcilier avec lui-même, de réapprendre à vivre sans cette ombre constante du doute et de la souffrance. La vieille dame, elle, était là, patiente et bienveillante, comme une ancre dans la tempête de ses pensées. Il lui en était reconnaissant, plus qu'il ne pouvait l'exprimer.

Chapitre 13
Tristesse

Les jours qui suivirent la conversation avec Hugo, la vieille dame ressentit une transformation silencieuse mais profonde en elle. Ce changement, imperceptible au début, se fit lentement sentir. Elle se leva le matin avec une lassitude qu'elle n'avait jamais connue auparavant, comme si l'énergie qui l'avait portée pendant des années s'était soudainement évaporée. Ses gestes étaient plus lents, moins assurés. Elle n'avait plus cette même vivacité d'esprit qui l'animait autrefois.

Le matin, elle s'asseyait à la table de la cuisine, mais son appétit l'avait quittée. Les tartines de pain, autrefois savamment beurrées, restaient intactes, les tasses de thé refroidissaient dans le silence de la pièce. Elle avait l'impression que tout lui échappait, comme si la vie s'était éloignée d'elle, emportée par le vent, tandis qu'elle se retrouvait figée dans un quotidien devenu étrangement morne.

La maison semblait s'être figée dans une atmosphère pesante. Les rideaux restaient tirés plus longtemps, la pendule résonnait dans un silence étouffant, et la vieille dame, assise dans son fauteuil près de la fenêtre, ne trouvait plus le courage de l'ouvrir pour laisser entrer la lumière. Elle avait perdu sa vivacité, cette énergie fragile mais constante qui l'avait animée depuis l'arrivée d'Hugo dans sa vie.

Hugo était devenu bien plus qu'un simple employé. Avec sa présence chaleureuse, il avait insufflé une nouvelle vie à son quotidien. Ses attentions, ses sourires et sa manière de toujours trouver un sujet de conversation intéressant étaient devenus des rayons de soleil dans ses journées. Mais Hugo avait fait une rencontre. Une jeune femme, rayonnante et pleine de vie, qui éveillait en lui une joie que la vieille dame ne pouvait qu'observer de loin, avec un mélange d'admiration et de douleur.

À présent, Hugo venait moins souvent. Et lorsqu'il était là, son esprit semblait ailleurs, absorbé par ses pensées ou ses projets avec elle. La vieille dame s'était préparée à cette éventualité. Elle savait qu'elle ne pouvait pas garder Hugo pour elle, qu'il avait sa vie à vivre, ses propres chemins à explorer. Pourtant, cette réalité était plus cruelle qu'elle ne l'avait imaginé.

Les nuits étaient devenues interminables. Elle restait éveillée, son regard perdu dans l'obscurité, ressassant les souvenirs des moments partagés avec Hugo. Les promenades dans le jardin, les discussions autour d'une tasse de thé, les éclats de rire qu'elle croyait avoir oubliés. Ces instants lui semblaient désormais appartenir à une autre vie.

Elle avait perdu l'appétit. Les repas, autrefois un prétexte pour échanger avec Hugo, étaient devenus une corvée. Les assiettes restaient à moitié pleines, et elle se contentait souvent d'un morceau de pain grignoté distraitement. Sa maigreur s'accentuait, tout comme les ombres sous ses yeux, témoignages silencieux de ses nuits blanches.

Elle songeait de plus en plus à l'EHPAD. Ce lieu qu'elle avait redouté toute sa vie, synonyme d'abandon et de solitude, semblait soudain être une solution. Peut-être y trouverait-elle un semblant de compagnie, un refuge où ne plus avoir à affronter ce vide qui l'étouffait. Elle n'en voulait pas à Hugo. Au contraire, elle était reconnaissante pour chaque moment qu'il lui avait offert. Mais cette gratitude était teintée d'une tristesse profonde, celle de savoir qu'elle n'était plus au centre de son attention.

Le jardin, autrefois un lieu de paix et de satisfaction, ne lui apportait plus la même sérénité. Les fleurs qu'elle cultivait avec soin semblaient moins belles, moins vivantes. Elle n'avait plus la même joie à les arroser, à les contempler. Le simple fait de voir les feuilles tomber des arbres lui donnait un sentiment de vide, comme si chaque chute était une partie d'elle qui se détachait, inexorablement.

Un matin, alors qu'elle se tenait près de la fenêtre, regardant sans vraiment voir le jardin qui s'étendait devant elle, une larme roula sur sa joue. Elle ne chercha pas à l'essuyer. Ce chagrin était la preuve qu'elle avait aimé ces moments, qu'elle avait été vivante, même pour un temps trop court.

« Je dois me contenter de ces souvenirs », murmura-t-elle à voix basse. « Ils sont précieux. Ils sont tout ce qu'il me reste. »

Dans son cœur, elle savait qu'elle finirait par trouver la force de tourner la page. Mais pour l'instant, elle restait là, immobile, à chérir ces fragments de bonheur passé, comme des éclats de lumière dans l'obscurité.

Elle ne parlait plus beaucoup à Hugo, même s'il venait toujours, parfois, pour l'aider dans ses tâches. Elle ne lui en voulait pas, bien au contraire. Mais chaque fois qu'il franchissait la porte, elle ressentait une forme de distance, un écart qu'elle n'arrivait pas à combler. Il avait trouvé sa route, et elle était heureuse pour lui, mais en même temps, elle se sentait délaissée, comme une vieille pièce de mobilier qu'on laisse de côté quand elle n'est plus utile.

Un matin, alors qu'elle se tenait devant la fenêtre, observant la brume qui enveloppait le jardin, elle sentit une lourdeur dans sa poitrine, comme si quelque chose d'indicible l'étouffait. Elle se força à sourire en pensant à Hugo, à sa jeunesse retrouvée, à sa lumière nouvelle. Mais cette pensée ne faisait que raviver la sensation de vide qui grandissait en elle. Elle se sentait comme une ombre, spectatrice de la vie des autres, mais incapable de trouver la sienne.

Les repas, qu'elle avait toujours aimés préparer avec soin, devinrent des moments de solitude. La cuisine n'était plus un lieu de plaisir, mais un endroit où elle se retrouvait seule avec ses pensées, ses regrets et ses peurs. Elle mangeait peu, souvent juste par habitude, mais sans réelle envie. Ses vêtements, autrefois choisis avec attention, étaient désormais laissés de côté, comme si la beauté de la vie n'avait plus de sens pour elle. Ses amis la remarquaient de moins en moins, et même les visites qu'elle recevait semblaient ne plus avoir la même saveur.

Elle n'arrivait plus à se concentrer sur ses livres, ses mots s'échappaient d'elle comme des oiseaux fuyant la cage. La vieille dame avait l'impression de s'effacer petit à petit, de devenir invisible. La vitalité qui l'avait autrefois animée s'était évaporée, comme une flamme qui s'éteint doucement dans l'obscurité.

Et pourtant, elle n'en parlait pas. Elle n'en parlait à personne. Pas même à Hugo, qui continuait à la voir, mais qui semblait lui aussi emporté par sa propre vie, par son propre chemin. Elle ne voulait pas être un fardeau, une source d'inquiétude. Elle se contentait de sourire, de faire semblant, comme elle l'avait toujours fait, mais au fond, elle savait que quelque chose avait changé. Et ce changement, silencieux et insidieux, la faisait se sentir plus seule que jamais.

Le seul moment où elle se sentait un peu mieux, c'était quand elle se rendait à la fenêtre et regardait les oiseaux passer, les arbres qui se dénudaient lentement sous l'automne. Elle se laissait bercer par ce spectacle, comme un dernier souvenir de la vie qu'elle avait menée, un dernier souffle avant que tout ne se taise.

La vieille dame s'enfonça lentement dans cette torpeur silencieuse. Chaque matin, elle se levait, mais l'âme lourde, les gestes mécaniques. Il lui arrivait de se surprendre à fixer un objet pendant de longues minutes, sans vraiment savoir ce qu'elle faisait. Parfois, elle se demandait si elle existait encore vraiment, ou si elle n'était pas en train de se dissoudre dans le temps, comme une brume qui se dissipe au soleil.

Chapitre 14
La séparation

Un après-midi, alors qu'elle était assise sur le banc de son jardin, un livre à moitié ouvert sur ses genoux, elle entendit une voix familière derrière elle. C'était Hugo. Il venait de passer la porte du jardin et s'approchait d'elle, mais il n'était plus le même. Il semblait plus lumineux, plus sûr de lui, avec ce regard qu'elle avait remarqué chez lui, celui qui brillait d'un espoir nouveau.

– Bonjour, dit-il doucement, comme si elle était fragile, comme s'il ne voulait pas briser le silence qui s'était installé entre eux.

Elle tourna la tête lentement, un léger sourire effleurant ses lèvres. Mais au fond, elle ressentait une étrange tristesse. Elle était heureuse de le voir, bien sûr, mais elle avait l'impression que chaque rencontre, chaque échange, la rapprochait un peu plus de la réalité de sa propre solitude.

– Bonjour, Hugo, répondit-elle d'une voix douce, presque éteinte.

Il s'assit à côté d'elle, comme il le faisait souvent, mais il y avait quelque chose de différent dans son attitude. Il était plus distant, plus concentré, comme s'il était absorbé par des pensées qu'il n'arrivait pas à partager. La vieille dame le regarda en silence, sentant un malaise s'installer entre eux. Il y avait un vide qu'ils n'avaient pas encore comblé, un espace qu'ils n'avaient pas franchi.

– Comment ça va ? demanda-t-il, un peu hésitant, cherchant à capter son regard.

Elle haussait les épaules, un geste presque imperceptible. Elle ne savait pas comment répondre à cette question. Comment expliquer qu'elle se sentait déconnectée de tout, qu'elle avait l'impression de s'éteindre lentement, sans pouvoir l'arrêter ?

– Ça va… comme d'habitude, répondit-elle finalement, mais il y avait dans sa voix un ton qui trahissait son mal-être.

Il la regarda longuement, son regard s'adoucissant, comme s'il percevait la souffrance qu'elle dissimulait derrière ses mots. Il n'avait pas de réponse à lui offrir, mais il sentait qu'il devait faire quelque chose. Il s'était promis de ne pas l'abandonner, de ne pas la laisser se perdre dans cette solitude qu'elle portait comme un fardeau invisible.

– Tu sais, je… je suis toujours là si tu as besoin de parler, lui dit-il, ses mots teintés d'une sincérité touchante.

Elle le fixa un instant, un léger frisson parcourant son corps. Elle avait l'impression qu'il la voyait, qu'il percevait sa douleur, mais elle ne savait pas comment lui en parler. Elle ne voulait pas être un poids pour lui, ni pour qui que ce soit. Elle ne voulait pas qu'on la prenne en pitié.

– Merci, murmura-t-elle, les yeux baissés. Mais je crois que... je crois que je dois traverser ça seule.

Hugo la regarda, un sentiment de confusion dans le cœur. Il ne comprenait pas tout, mais il sentait que quelque chose de plus profond se passait. Il savait qu'elle se battait contre quelque chose, mais il ne savait pas quoi. Elle avait toujours été forte, toujours pleine de vie. Mais aujourd'hui, elle semblait se perdre dans une mer de pensées sombres, sans boussole, sans repère.

Il se leva lentement, son cœur lourd de ne pas savoir comment l'aider. Il savait qu'il devait lui laisser de l'espace, mais il n'arrivait pas à se résoudre à partir sans lui dire quelque chose de plus.

– Si tu changes d'avis, si tu veux parler... je serai là, ajouta-t-il, avant de se détourner et de quitter le jardin.

La vieille dame resta là, immobile, le regard fixé sur l'endroit où il venait de disparaître. Elle ne savait pas pourquoi, mais ses paroles la touchaient profondément. Elle n'était pas seule, non. Elle avait des gens autour d'elle, des gens qui se souciaient d'elle. Mais elle se sentait pourtant plus seule que jamais, comme une vieille branche qui se brise lentement, sans pouvoir retenir la chute.

Elle se leva enfin, la tête pleine de pensées confuses. Elle se rendit dans la maison, mais chaque pas lui semblait plus lourd que le précédent. Elle se sentait perdue, désorientée. Le monde autour d'elle semblait flou, comme si la réalité elle-même se dérobait sous ses pieds.

Elle se retrouva devant le miroir du hall d'entrée, et pendant un instant, elle se regarda longuement. Qui était-elle vraiment, maintenant ? Une vieille dame qui se laissait aller, une ombre du passé, ou bien quelqu'un qui avait encore un peu de lumière à offrir ? Elle ne savait plus. Tout lui semblait si incertain, si fragile.

Les jours qui suivirent, la vieille dame se réfugia dans le silence. Elle se sentait à la fois trop fatiguée pour parler et trop pleine de pensées pour se taire. Hugo, lui, continuait de venir, mais ses visites étaient devenues plus espacées, plus formelles. Il semblait occupé, comme si sa propre vie le rattrapait, et la vieille dame, bien qu'elle le comprît, n'en ressentait pas moins une forme de déception.

Elle se surprenait à attendre son passage, à regarder l'heure, à espérer qu'il viendrait, même si elle n'avait rien à lui dire. Il arrivait parfois en fin de journée, les mains pleines de petits paquets, des fleurs, des fruits, des livres qu'il avait trouvés dans une librairie. Il semblait vouloir combler le vide de ses journées avec des gestes attentionnés, mais elle n'arrivait plus à s'en réjouir comme avant.

Un après-midi, alors qu'elle était assise dans son fauteuil, une tasse de thé entre les mains, elle aperçut Hugo dans le jardin. Il parlait avec son voisin, un homme jovial qu'elle connaissait à peine. Elle les observa à travers la fenêtre, son cœur serré. Elle ne pouvait pas s'empêcher de se demander si Hugo la voyait encore comme avant, s'il avait encore cette tendresse pour elle, ou si elle n'était plus qu'une vieille dame à qui il rendait visite par obligation.

La lassitude s'installa définitivement. La vieille dame ne ressentait plus l'envie de sortir, de rencontrer des gens. La vie semblait lui échapper, comme si elle n'avait plus de prise sur elle. Les souvenirs de sa jeunesse, de ses enfants, de ses amours passées, s'éloignaient chaque jour un peu plus, comme des ombres fugaces. Elle se sentait comme une vieille photo qui se décolore lentement, perdant peu à peu ses contours.

Un soir, Hugo frappa à la porte, comme à son habitude. Elle se leva lentement pour lui ouvrir, mais au fond d'elle, elle savait que quelque chose avait changé. Ce n'était plus la même chaleur dans son regard, ni dans sa voix. Il était toujours là, mais il semblait ailleurs, comme si une distance invisible s'était installée entre eux.

– Bonsoir, dit-il d'une voix douce, mais un peu distante.

Elle le regarda sans vraiment le voir, un sourire faible sur les lèvres. Elle ne savait pas quoi dire, ne savait pas si elle devait lui parler de ce qu'elle ressentait, de cette solitude qui la rongeait chaque jour un peu plus. Elle avait l'impression que tout s'était effondré autour d'elle, que sa vie n'avait plus de sens.

– Bonsoir, Hugo, répondit-elle, sa voix un peu tremblante.

Il entra, comme d'habitude, mais cette fois, quelque chose en elle se brisa. Elle se sentait vide, comme une coquille vide, sans âme. Elle avait envie de lui dire combien elle se sentait perdue, combien elle avait besoin de lui, mais les mots restaient bloqués dans sa gorge. Elle avait peur de le repousser, de le faire fuir, de le rendre responsable de ses propres tourments.

Ils s'assirent ensemble, comme ils l'avaient toujours fait, mais l'atmosphère était lourde. La vieille dame sentait la tension dans l'air, cette distance qui se creusait entre eux. Hugo semblait préoccupé, comme s'il avait quelque chose à lui dire, mais il n'osait pas. Elle l'observa en silence, son cœur battant plus fort.

– Tu... tu as l'air fatiguée, lui dit-il enfin, après un long silence. Ça ne va pas ?

Elle secoua la tête lentement, comme pour chasser ses pensées. Elle n'avait pas envie de lui parler de son mal-être, de son épuisement. Elle n'avait pas envie de lui avouer qu'elle se sentait de plus en plus seule, même entourée de gens.

– Ça va, répondit-elle, mais sa voix trahit la faiblesse de ses mots.

Hugo la regarda longuement, comme s'il cherchait à comprendre ce qui se passait en elle. Il savait que quelque chose n'allait pas, mais il ne savait pas comment l'aider. Il ne voulait pas la brusquer, ne voulait pas lui faire du mal. Mais il sentait qu'il fallait qu'il lui parle, qu'il lui avoue ce qu'il ressentait.

– Je... je dois te dire quelque chose, dit-il, d'une voix hésitante.

Elle le regarda, surprise. Ses yeux se remplirent de questions, mais elle n'osa pas les poser. Elle avait l'impression que tout allait basculer, que ce moment marquerait un tournant dans leur relation.

– Je crois que... je crois qu'il est temps pour moi de partir, dit-il enfin, d'une voix brisée.

Le silence qui suivit ses mots fut lourd, presque insupportable. La vieille dame resta là, figée, les yeux rivés sur lui. Elle ne comprenait pas. Pourquoi partir ? Pourquoi maintenant ?

– Pourquoi ? souffla-t-elle, le cœur serré.

Il baissa les yeux, comme si ses mots lui échappaient, comme s'il ne savait pas comment expliquer ce qu'il ressentait. Mais la vieille dame savait au fond d'elle que ce n'était pas seulement la distance qui les séparait. C'était quelque chose de plus profond, de plus intime, qui les avait éloignés sans qu'ils ne s'en rendent compte.

Elle le regarda une dernière fois, avant de détourner les yeux. Elle ne pouvait pas le retenir. Elle ne pouvait pas l'empêcher de partir. Mais au fond d'elle, une douleur sourde se fit sentir, une douleur qu'elle ne pouvait plus ignorer.

Les mots d'Hugo résonnaient dans la pièce comme un écho lointain, un souffle qui se dissipait dans l'air. La vieille dame n'avait pas bougé, ses mains serrées sur ses genoux, son regard perdu dans le vide. Elle avait entendu, mais elle ne comprenait pas. Elle ne voulait pas comprendre. Elle se sentait désemparée, comme si la vie qu'elle avait construite jusqu'à présent se dérobait sous ses pieds.

— Je ne peux pas rester. Il faut que je parte, répéta Hugo, plus doucement cette fois, comme s'il cherchait à se faire pardonner.

Elle releva les yeux. Il était là, devant elle, mais il semblait déjà si loin. Elle sentit une vague de tristesse l'envahir, une tristesse qu'elle n'avait pas anticipée. Elle avait cru que la présence d'Hugo, même discrète, serait suffisante pour combler ses jours vides, mais elle se trompait. Il n'était plus ce jeune homme qui apportait un peu de lumière dans son quotidien. Il était devenu un étranger, un inconnu qu'elle avait cru connaître, mais qui lui échappait à présent.

— Pourquoi ? demanda-t-elle, sa voix brisée par l'émotion. Pourquoi tout à coup ?

Hugo baissa les yeux, les mains tremblantes, comme s'il cherchait ses mots, mais ne parvenait pas à les trouver. Il était perdu, lui aussi, pris dans un tourbillon de sentiments contradictoires. Il avait voulu apporter quelque chose à cette vieille dame, l'aider à se sentir moins seule, mais il avait fini par se perdre dans cette relation. Ses sentiments pour elle étaient devenus confus, et la distance qui s'était installée entre eux ne faisait qu'amplifier cette confusion.

– C'est compliqué, dit-il enfin, sa voix pleine de regrets. Je crois que j'ai… j'ai besoin de prendre du recul, de comprendre ce que je veux vraiment.

La vieille dame hocha lentement la tête. Elle savait, au fond d'elle, que ce moment viendrait. Elle l'avait pressenti, mais elle n'avait jamais voulu l'accepter. Elle avait espéré que les choses resteraient comme avant, que cette complicité silencieuse qu'ils avaient partagée serait suffisante pour surmonter les obstacles. Mais maintenant, tout semblait s'effondrer, et elle ne savait plus comment réparer ce qui avait été brisé.

– Je comprends, murmura-t-elle, mais ses mots étaient pleins de tristesse. Je comprends, mais ça fait mal.

Il s'approcha doucement d'elle, hésitant, comme s'il voulait la prendre dans ses bras, mais il se retint. Il savait que ce geste, aussi réconfortant qu'il puisse être, ne ferait qu'ajouter à la douleur. Il se sentait comme un étranger dans cette maison, dans cette vie qu'il avait partagée avec elle, mais qu'il ne pouvait plus comprendre.

– Tu as été une bonne amie pour moi, dit-il, sa voix tremblante. Mais je crois qu'il est temps pour nous deux de… de passer à autre chose.

Les larmes montèrent aux yeux de la vieille dame, mais elle les refoula, les retenant avec une force qu'elle ne se connaissait pas. Elle ne voulait pas pleurer devant lui, ne voulait pas lui montrer à quel point elle était brisée. Elle avait toujours été forte, toujours été celle qui soutenait les autres, mais maintenant, elle se sentait vulnérable, fragile, comme un vase de porcelaine prêt à se briser.

– Je ne sais pas comment vivre sans toi, dit-elle dans un souffle, sa voix presque inaudible.

Hugo la regarda, son cœur lourd de regrets. Il aurait voulu lui dire que tout irait bien, qu'il reviendrait, qu'il ne la laisserait pas seule. Mais il savait que ce serait un mensonge. Il ne pouvait pas lui promettre ce qu'il ne pouvait pas tenir. Il avait besoin de partir, de se retrouver, de comprendre ce qu'il voulait vraiment, et il ne pouvait pas continuer à vivre dans l'illusion que tout allait bien.

– Je suis désolé, murmura-t-il, avant de se lever lentement. Je… je ne voulais pas te faire de mal.

La vieille dame le regarda s'éloigner, son cœur se serrant un peu plus à chaque pas qu'il faisait. Elle savait qu'il ne reviendrait pas, que cette porte se refermerait définitivement. Et pourtant, elle ne pouvait pas le retenir. Elle ne pouvait pas l'empêcher de partir, car elle savait qu'il avait besoin de trouver sa propre voie.

Chapitre 15
Revirement

Lorsque la porte se ferma derrière lui, un silence lourd s'installa dans la pièce. La vieille dame resta là, immobile, les yeux fixés sur le vide. Les larmes qu'elle avait retenues finirent par couler, silencieuses, comme une rivière qui s'échappait de ses yeux. Elle n'avait plus de force pour les retenir. Elle pleurait pour tout ce qu'elle avait perdu, pour tout ce qui ne reviendrait jamais.

Elle se leva lentement, comme si chaque mouvement lui coûtait une énergie qu'elle n'avait plus. Elle se dirigea vers la fenêtre et regarda dehors, là où Hugo avait disparu. La lumière du soir se reflétait sur le jardin, créant des ombres longues et douces. Mais tout semblait différent maintenant. Tout semblait plus sombre, plus froid. La solitude était là, plus présente que jamais, et elle ne savait pas comment y faire face.

La vieille dame resta longtemps près de la fenêtre, les yeux fixés sur le jardin, mais rien ne semblait plus pareil. Le vent faisait frémir les feuilles des arbres, mais il n'y avait plus de chaleur dans l'air, plus de douceur dans les rayons du soleil. Elle se sentait seule, plus seule que jamais, et l'idée de se retrouver face à elle-même, sans personne pour combler ce vide qui s'était installé dans son cœur, la terrifiait.

Elle se tourna enfin, ses pas lents et incertains la menant jusqu'à son fauteuil préféré. Elle s'y assit avec une lenteur presque solennelle, comme si elle avait peur de perdre l'équilibre, de tomber dans un abîme dont elle ne pourrait pas se relever. Ses mains se posèrent sur ses genoux, mais elles étaient tremblantes, comme si elles n'étaient plus les siennes. Le silence de la pièce était oppressant, chaque bruit, même le plus insignifiant, résonnait dans sa tête comme un écho douloureux.

Elle ferma les yeux un instant, tentant de retrouver un peu de calme, un peu de paix intérieure. Mais tout ce qu'elle sentait, c'était ce vide immense qui l'envahissait, un vide qu'elle ne savait comment combler. Elle avait vécu seule pendant des années, mais cette solitude-là était différente. Elle n'était plus la solitude qu'elle avait choisie, mais celle qui lui avait été imposée, celle qui s'était installée sans prévenir, sans qu'elle puisse l'empêcher.

Dans son désarroi, elle pensa à ce qu'Hugo lui avait dit : « Tu rencontreras un jour quelqu'un qui t'aimera. » Ces mots, bien que pleins de bienveillance, la frappèrent de plein fouet. Elle avait cru qu'il était ce quelqu'un, qu'il était celui qui, enfin, briserait la solitude qui l'étouffait. Mais il n'était plus là. Il était parti, et elle se retrouvait seule, encore une fois, face à un avenir qu'elle ne savait pas comment appréhender.

Elle se leva brusquement, comme si elle avait été poussée par un élan de désespoir. Elle se dirigea vers la cuisine, cherchant à se distraire, à trouver une occupation qui l'empêcherait de sombrer dans ses pensées noires. Mais rien ne semblait l'intéresser. Elle ouvrit un placard, prit un paquet de biscuits, mais elle n'avait pas faim. Elle les regarda, les mains tremblantes, et les reposa aussitôt. Elle n'avait plus de goût pour rien, plus de désir. Elle se sentait comme un vaisseau vide, dérivant dans un océan de mélancolie.

Elle s'assit de nouveau, cette fois sur le canapé, les yeux fixés sur le sol. Il y avait tant de choses qu'elle n'avait pas dites à Hugo, tant de pensées qu'elle n'avait pas partagées. Mais à quoi bon maintenant ? Il était trop tard. Elle se sentait trahie, non pas par lui, mais par cette vie qui l'avait menée à cet instant précis. Elle avait cru que le bonheur était à portée de main, qu'il suffisait de tendre la main pour le saisir, mais il s'était échappé, aussi insaisissable qu'un rêve.

Dans son désarroi, elle pensa à la seule chose qui pourrait peut-être l'aider à surmonter cette épreuve : l'écriture. Elle avait toujours aimé écrire, consigner ses pensées sur le papier, comme un exutoire à ses tourments. Mais cette fois, ce ne serait pas pour raconter des histoires ou des souvenirs. Ce serait pour elle, pour tenter de comprendre ce qui venait de se passer, pour poser des mots sur ce vide qui la rongeait.

Elle se leva à nouveau, cette fois plus déterminée. Elle se rendit à son bureau, où elle sortit un carnet, un vieux carnet en cuir, usé par le temps. Elle y prit un stylo, et commença à écrire, d'abord lentement, puis de plus en plus vite, comme si les mots jaillissaient de son âme, comme si elle avait besoin de les faire sortir avant qu'ils ne l'étouffent.

Elle écrivit sur la perte, sur la solitude, sur la douleur de voir un être cher s'éloigner. Elle écrivit sur ses regrets, sur ce qu'elle aurait voulu dire à Hugo, sur ce qu'elle n'avait pas eu le courage de lui avouer. Elle écrivit, encore et encore, jusqu'à ce que ses mains cessent de trembler, jusqu'à ce qu'elle se sente un peu plus légère, un peu plus en paix.

Elle ne savait pas si l'écriture serait la solution à son mal-être, mais elle savait qu'elle devait essayer. Peut-être que, dans ces mots, elle trouverait un moyen de guérir, un moyen de se reconstruire, un moyen de retrouver un peu de lumière dans cette obscurité qui l'entourait. Mais pour l'instant, elle n'avait que ses mots, et elle s'y accrochait comme à une bouée de sauvetage.

Les jours suivants, la vieille dame s'efforça de retrouver un semblant de routine, mais rien n'était plus comme avant. Hugo n'était pas là, et le vide qu'il avait laissé derrière lui semblait s'étendre à chaque recoin de la maison. Pourtant, elle s'accrochait à son carnet, y inscrivant ses pensées, ses souvenirs, et parfois même des lettres, des poèmes qu'elle aurait voulu adresser à Hugo.

Un matin, alors qu'elle feuilletait ses pages, elle tomba sur une phrase qu'elle avait écrite la veille :

« Peut-être que c'est moi qui ai oublié comment vivre. »

Ces mots la frappèrent comme une révélation. Elle se rendit compte qu'elle s'était trop longtemps enfermée dans une existence figée, refusant de laisser entrer le changement, de peur de perdre ce qu'elle avait construit. Mais Hugo, par sa présence, avait bousculé cet équilibre fragile, et son départ avait laissé une brèche béante.

Déterminée à ne pas sombrer davantage, elle décida qu'il était temps de reprendre le contrôle de sa vie. Elle commença par de petits gestes : ouvrir les volets plus tôt, écouter la radio, préparer des plats qu'elle aimait autrefois. Elle s'obligea à sortir, à marcher dans le parc du quartier, même si chaque pas lui semblait lourd.

Un jour, lors d'une de ses promenades, elle s'arrêta devant une librairie. La vitrine affichait une annonce pour un atelier d'écriture destiné aux amateurs. Elle hésita, le cœur battant. Elle n'avait jamais partagé ses écrits avec qui que ce soit, mais une petite voix intérieure lui soufflait qu'elle devait essayer.

Le lendemain, elle se rendit à l'atelier. La salle était modeste, remplie de personnes de tous âges, chacun tenant un carnet ou un ordinateur portable. L'animateur, un homme jovial d'une cinquantaine d'années, les invita à se présenter et à lire un texte de leur choix. Quand ce fut son tour, elle se leva timidement et lut un extrait de ses poèmes à Hugo.

Sa voix tremblait, mais à mesure qu'elle avançait, elle sentit un poids se lever de ses épaules. Quand elle termina, il y eut un silence, puis des applaudissements. Une femme s'approcha d'elle à la fin de la séance.

– Vos mots m'ont émue aux larmes, lui dit-elle. Vous avez une façon de raconter qui touche le cœur.

Ces encouragements ravivèrent une étincelle en elle. Pour la première fois depuis longtemps, elle sentit une chaleur familière, un espoir timide qu'elle croyait perdu.

Peu à peu, l'écriture devint une bouée, mais aussi un pont vers les autres. Elle se lia d'amitié avec certains membres de l'atelier, partageant des histoires, des rires, et même des moments de silence apaisant.

Cependant, au fond d'elle, une question restait en suspens : devait-elle recontacter Hugo ? Elle avait son numéro, mais chaque fois qu'elle posait la main sur le téléphone, elle hésitait. Avait-il besoin d'elle, ou devait-elle le laisser suivre son chemin ?

Un soir, alors qu'elle relisait ses messages, elle trouva la réponse. Ce n'était pas à elle de décider pour lui. Mais elle pouvait lui écrire, une dernière fois, pour lui dire ce qu'elle n'avait jamais osé :

« Hugo, merci d'avoir été là, d'avoir apporté un peu de lumière dans mes jours ternes. Peu importe où la vie te mène, sache que tu as laissé une empreinte indélébile dans mon cœur. Je te souhaite tout le bonheur que tu mérites. »

Le SMS partit, puis, étrangement, elle se sentit plus légère, comme si elle avait enfin tourné une page.

Et ainsi, jour après jour, elle recommença à vivre, non pas comme avant, mais d'une manière nouvelle, plus ouverte, plus libre. Car elle avait appris que même dans la solitude, il y avait des chemins à découvrir, des passions à cultiver, et des souvenirs à chérir.

Quelques semaines passèrent, et la vieille dame s'efforçait de maintenir l'équilibre fragile qu'elle avait trouvé. Elle écrivait toujours, participait aux ateliers, et sortait plus souvent, mais le souvenir d'Hugo restait vivace, comme une ombre douce-amère.

Chapitre 16
La proposition d'Hugo

Un après-midi, alors qu'elle arrosait ses plantes sur le rebord de la fenêtre, la sonnerie de la porte retentit. Elle n'attendait personne et, intriguée, alla ouvrir.

Hugo se tenait là, un sourire un peu gêné sur les lèvres. Il semblait plus serein, plus lumineux, comme si un poids s'était envolé de ses épaules. Mais ce n'était pas tout. À ses côtés se tenait un jeune homme, grand, aux traits délicats et au regard chaleureux.

– Bonjour, dit Hugo doucement. Je suis désolé de venir à l'improviste, mais je voulais te présenter quelqu'un. Voici Julien, mon… ami.

Le mot « ami » résonna dans l'air, chargé de significations qu'elle comprit immédiatement. Son cœur se serra, une douleur sourde s'y installa, mais elle masqua son trouble derrière un sourire poli.

– Entrez donc, répondit-elle d'une voix qu'elle espérait naturelle.

Ils s'installèrent dans le salon, et elle servit du thé, ses gestes mécaniques trahissant son effort pour rester cordiale. Julien se montra charmant et attentif, racontant avec humour leur rencontre lors d'un vernissage d'art. Il parlait de leurs projets communs, de leurs rêves de voyage, et de leur bonheur naissant.

Hugo, lui, restait en retrait, observant la vieille dame avec une tendresse teintée d'inquiétude. Il semblait deviner ce qu'elle ressentait, mais n'osait rien dire.

– Vous avez l'air de former un beau couple, finit-elle par dire, sa voix légèrement tremblante.

Julien lui adressa un sourire radieux.

– Merci. Hugo m'a beaucoup parlé de vous. Il dit que vous êtes une personne très importante dans sa vie.

Elle hocha la tête, touchée malgré tout par ces mots. Mais une part d'elle ne pouvait s'empêcher de ressentir une profonde solitude, comme si un dernier lien avec un bonheur possible venait de se briser.

Quand ils prirent congé, Hugo s'attarda à la porte.

– Merci de nous avoir reçus, murmura-t-il, en l'embrassant affectueusement. Tu sais, je te dois beaucoup. Tu m'as aidé à retrouver le goût de vivre.

Elle posa une main légère sur son bras, rassemblant son courage pour lui répondre.

– Et toi, tu m'as rappelé que la vie peut encore nous surprendre, même quand on croit que tout est figé.

Hugo sembla ému, mais il n'ajouta rien. Il lui adressa un dernier sourire avant de partir, Julien à ses côtés.

Quand la porte se referma, la vieille dame resta immobile un long moment, le regard fixé sur le vide. Elle se sentait à la fois vide et pleine, déchirée et apaisée. Elle savait qu'elle devait maintenant affronter cette nouvelle réalité, accepter ce qu'elle ne pouvait changer, et trouver une nouvelle manière d'avancer.

Ce soir-là, elle écrivit dans son carnet :

« La vie est un étrange mélange de douceur et de douleur. Peut-être que ce sont ces contrastes qui lui donnent tout son sens. »

Et, pour la première fois depuis longtemps, elle pleura. Mais ce n'étaient pas seulement des larmes de tristesse. C'étaient des larmes de libération, de gratitude pour ce qu'elle avait vécu, et d'espoir, timide mais présent, pour ce qui restait à venir.

Quelques jours après la visite d'Hugo et Julien, alors qu'elle s'efforçait de reprendre un rythme de vie ordinaire, la vieille dame trouva une enveloppe dans sa boîte aux lettres. Elle reconnut immédiatement l'écriture d'Hugo. Un mélange d'appréhension et d'espoir s'empara d'elle alors qu'elle déchirait le papier avec précaution.

La lettre, écrite à la main, portait toute la sensibilité et la profondeur d'Hugo :

« Je t'écris ces quelques mots pour te dire à quel point je pense souvent à toi. Depuis notre rencontre, tu as occupé une place particulière dans ma vie. Tu m'as offert bien plus qu'un travail : une écoute, une chaleur humaine, et une inspiration que je n'aurais jamais imaginée trouver.

Je sais que ma visite avec Julien a pu être un moment difficile. J'ai vu dans tes yeux cette force qui te caractérise, mais aussi une ombre que je n'avais jamais remarquée avant. Je m'en veux si, d'une manière ou d'une autre, j'ai contribué à cette ombre.

Tu m'as souvent parlé de tes écrits, de tes pensées et de ta vision unique de la vie. Cela m'a donné envie de te proposer quelque chose : pourquoi ne pas publier tes textes ? Je connais une petite maison d'édition qui pourrait être intéressée. Je serais honoré de t'aider à préparer un manuscrit, si cela te tente.

Quoi qu'il en soit, sache que tu es et resteras une personne importante pour moi. Julien partage mon avis : tu as une lumière en toi qui éclaire les vies de ceux qui ont la chance de te croiser.

Avec toute mon affection,

Hugo »

La vieille dame relut la lettre plusieurs fois, chaque mot touchant une corde sensible en elle. Elle sentit ses yeux s'embuer, mais cette fois, ce n'étaient pas des larmes de douleur. Il y avait dans ces lignes une sincérité et une reconnaissance qui réchauffaient son cœur.

Elle posa la lettre sur la table et resta un long moment immobile, perdue dans ses pensées. L'idée de publier ses écrits l'effrayait autant qu'elle l'excitait. Elle se demanda si elle avait encore l'énergie pour se lancer dans un tel projet, mais en même temps, elle sentit une petite étincelle de vie renaître en elle.

Le lendemain, elle prit une feuille de papier et, d'une main tremblante mais résolue, elle répondit à Hugo :

« Ta lettre m'a profondément émue. Je ne pensais pas que mes modestes textes puissent mériter une telle attention, mais ta proposition m'a donné matière à réflexion. Peut-être as-tu raison : il est temps que je partage ce que j'ai gardé pour moi si longtemps. Je serais heureuse que tu m'aides à préparer ce manuscrit. Ta présence, même à distance, sera un soutien précieux.

Sache que, malgré les épreuves, tu as laissé une empreinte indélébile dans ma vie. Tu m'as rappelé qu'il n'est jamais trop tard pour rêver.

Ta vieille dame. »

Elle envoya la lettre avec une étrange sérénité, comme si un nouveau chapitre de sa vie s'ouvrait, un chapitre où elle n'était plus seulement spectatrice, mais actrice de son propre destin.

Quelques jours plus tard, Hugo répondit avec enthousiasme, et un lien se rétablit entre eux. Il revint chaque jour chez elle. À travers leurs échanges, ils retrouvèrent cette complicité qui avait marqué leurs premiers moments ensemble, et, peu à peu, la vieille dame sentit son cœur s'alléger.

Hugo s'installa devant l'ordinateur portable de la vieille dame, un modèle récent, car à son âge elle savait parfaitement l'utiliser.

– Voilà, c'est tout ce que j'ai écrit, dit-elle avec un mélange de fierté et d'hésitation. Ce n'est pas grand-chose, mais ça me tient à cœur.

Hugo prit le carnet avec précaution, comme s'il tenait un trésor.

– On va tout mettre au propre, promit-il. Tu verras, ce sera comme donner une nouvelle vie à tes mots.

La vieille dame s'assit à ses côtés, observant avec fascination les doigts d'Hugo courir sur le clavier. Chaque frappe faisait apparaître ses phrases sur l'écran, et elle ne put s'empêcher de sourire en voyant ses pensées prendre une forme moderne.

– Tu écris vraiment bien, dit Hugo après avoir tapé quelques lignes. On dirait presque de la poésie.

– Oh, tu es trop gentil, répondit-elle en rougissant légèrement. Je n'ai jamais pensé que mes histoires intéresseraient quelqu'un d'autre que moi.

Au fil des heures, leur collaboration devint un rituel quotidien. Hugo prenait soin de lire à voix haute chaque phrase qu'il tapait, pour s'assurer que tout était conforme à ses souhaits. Parfois, il s'arrêtait pour poser une question.

– Et là, pourquoi ce personnage décide-t-il de partir ? demanda-t-il un jour.

La vieille dame sembla réfléchir un instant avant de répondre :

– Parce qu'il a peur de rester. Parfois, partir est plus facile que de faire face.

Hugo hocha la tête, impressionné par la profondeur de sa réponse. Il se rendait compte que derrière son apparente fragilité se cachait une femme pleine de sagesse et d'histoires à raconter.

Petit à petit, une complicité naquit entre eux. La vieille dame, d'abord réservée, se mit à partager des anecdotes de sa vie, souvent avec un brin d'humour ou de nostalgie. Hugo, lui, se surprit à apprécier ces moments de calme, loin de l'agitation de son quotidien.

Chapitre 17
Le manuscrit

Un soir, alors qu'ils terminaient un chapitre particulièrement émouvant, la vieille dame posa une main tremblante sur celle d'Hugo.

– Merci, Hugo. Tu n'imagines pas combien cela compte pour moi.

Il lui répondit par un sourire sincère.

– C'est un plaisir. Et puis, tu m'apprends beaucoup aussi.

Leurs séances d'écriture devinrent plus qu'un simple travail : un lien se tissait, fait de respect, de tendresse, et d'un échange de générations. Au fil des jours, la vieille dame sentit un changement en elle. Les journées n'étaient plus une succession monotone d'habitudes. Elle se réveillait chaque matin avec l'envie de travailler sur le livre, de découvrir ce qu'Hugo avait écrit ou de partager une anecdote qu'elle avait retrouvée dans ses souvenirs.

Mais elle ne pouvait ignorer un autre changement, plus subtil. Le regard d'Hugo, parfois perdu dans ses pensées, semblait chercher quelque chose. Il devenait plus rêveur, plus mélancolique.

Un jour, elle se risqua à lui poser la question.

– Hugo, est-ce que tout va bien ?

Il hésita, puis répondit :

– Oui… enfin, je crois. Ce livre, notre travail, tout ça m'aide à avancer. Mais parfois, je me demande si je suis vraiment à ma place.

Elle sourit doucement.

– La place qu'on cherche, on la construit. Et tu es en train de le faire, Hugo.

Un après-midi, alors qu'Hugo relisait les dernières pages du carnet pour les taper, un silence inhabituel s'installa dans la pièce. La vieille dame, assise dans son fauteuil près de la fenêtre, semblait absorbée par le va-et-vient des nuages. Hugo, lui, était concentré sur le texte. Mais plus il avançait dans la lecture, plus un poids étrange s'installait dans sa poitrine.

Le récit, jusque-là plein de souvenirs tendres et d'anecdotes légères, prenait une tournure plus intime. Il parlait d'un jeune homme, arrivé un jour dans la vie de l'auteure comme un souffle d'air frais. Ce personnage, décrit avec une précision troublante, ressemblait étrangement à Hugo lui-même.

« Il avait ce sourire qui donnait l'impression que tout était possible », écrivait-elle. « Avec lui, mes jours semblaient plus lumineux, comme si le temps s'était arrêté. Mais les étoiles filantes ne restent jamais. Elles passent, laissant derrière elles un vide qu'on ne sait comment combler. »

Hugo s'arrêta, le regard figé sur l'écran. Chaque mot semblait résonner en lui comme un écho lointain. Il comprit alors que ce n'était pas un simple récit : c'était leur histoire.

Il reprit sa lecture, le cœur battant. Elle parlait de ses espoirs, de ses désirs inavoués, mais aussi de la douleur qu'elle avait ressentie lorsqu'Hugo avait quitté la région pour poursuivre sa vie.

« Je savais qu'il partirait, bien sûr. Il était jeune, plein d'ambitions. Mais je ne m'attendais pas à ce que son absence laisse un tel vide. J'avais cru, peut-être naïvement, qu'il se souviendrait de moi, qu'il reviendrait. »

Hugo posa doucement le carnet sur la table, incapable de continuer. Il se tourna vers la vieille dame, qui l'observait avec un sourire doux, presque résigné.

– Tu parles de moi, n'est-ce pas ? murmura-t-il.

Elle hocha la tête sans répondre, ses yeux brillants d'une émotion contenue.

– Je ne savais pas…, reprit-il, la voix tremblante. Je ne savais pas que j'avais autant compté pour toi.

Elle haussa légèrement les épaules, un sourire triste aux lèvres.

– On ne sait jamais vraiment l'impact qu'on a sur les autres, Hugo. Tu étais jeune, tu avais ta vie à construire.

Dans un silence chargé de tout ce qui n'avait jamais été dit, Hugo sentit une vague de culpabilité le submerger, mêlée à une étrange chaleur. Il réalisa qu'il avait joué un rôle dans la vie de cette femme bien au-delà de ce qu'il aurait pu imaginer.

– Tu as écrit tout ça pour que je comprenne ? demanda-t-il doucement.

– Non, répondit-elle en secouant la tête. J'ai écrit pour me souvenir, pour ne pas perdre ces moments précieux. Mais si tu comprends maintenant, alors je crois que ça valait la peine.

Hugo, ému, prit sa main dans la sienne.

– Je suis désolé de t'avoir laissée comme ça. Mais je suis là maintenant, et je veux que tu saches que tu as compté pour moi aussi.

Ce soir-là, ils continuèrent leur travail, mais quelque chose avait changé. Une compréhension mutuelle s'était installée entre eux, une reconnaissance silencieuse de ce qu'ils avaient partagé et de ce qu'ils partageaient encore. Chaque mot tapé semblait désormais chargé d'une émotion particulière, comme s'il scellait un chapitre de leur histoire commune.

Un soir, alors que la pluie tambourinait contre les vitres, la vieille dame s'arrêta au milieu d'une phrase qu'elle dictait.

– Hugo, je veux que tu ajoutes quelque chose, dit-elle doucement.

Il leva les yeux de l'écran, surpris par le ton sérieux de sa voix.

– Bien sûr. Qu'est-ce que tu veux écrire ?

Elle prit une profonde inspiration, comme si elle pesait ses mots.

– Je veux que tu écrives que, malgré les absences, malgré les regrets, il y a des rencontres qui changent une vie. Et que la tienne a changé la mienne.

Hugo sentit un nœud se former dans sa gorge. Il posa ses mains sur le clavier, mais ses doigts restèrent immobiles.

– Tu sais, reprit-elle, parfois on se demande si ce qu'on a vécu a vraiment compté. Si quelqu'un se souviendra de nous. Grâce à toi, je sais que je ne serai pas oubliée.

Hugo tourna la tête vers elle. Ses yeux brillaient, mais elle souriait, apaisée.

– Je te promets que tu ne seras jamais oubliée, dit-il avec une sincérité qui le surprit lui-même.

Le lendemain, Hugo arriva avec une surprise. Il avait fait imprimer les premières pages du manuscrit, en format A4, reliées dans une couverture sobre mais élégante. Quand il tendit le livre à la vieille dame, elle resta sans voix.

– C'est… c'est mon histoire, murmura-t-elle en caressant la couverture du bout des doigts.

Elle parcourut les pages avec une émotion visible. Les mots qu'elle avait couchés sur le papier, désormais immortalisés, semblaient lui donner une nouvelle force.

– Tu as fait tout ça pour moi ? demanda-t-elle, les larmes aux yeux.

Hugo hocha la tête, un sourire timide aux lèvres.

— Ce sera plus facile pour la relecture et voir si on n'a pas laissé des fautes. Tu mérites que cette histoire soit partagée. Et peut-être qu'elle touchera d'autres personnes, comme elle m'a touché.

La vieille dame serra le livre contre son cœur, puis tendit les bras pour prendre Hugo dans une étreinte fragile mais sincère.

— Merci, Hugo. Tu es la plus belle étoile filante de ma vie.

Et Hugo, en voyant le sourire radieux sur son visage lorsqu'elle tenait son livre entre les mains, comprit qu'il avait trouvé, dans cette collaboration, quelque chose d'inestimable : un lien humain, profond et sincère, qui resterait gravé en lui pour toujours.

Soudain il déclara.

— Tu sais, c'est toi qui as changé ma vie.

Elle releva la tête, surprise.

— Avant de te rencontrer, je pensais que ma vie n'avait plus de sens. Mais tu m'as montré qu'il y avait encore des choses à accomplir, des liens à créer. Tu es bien plus qu'une amie pour moi.

La vieille dame sentit son cœur se serrer. Elle avait appris à accepter l'affection qu'elle ressentait pour Hugo, mais elle savait aussi qu'elle ne devait pas se laisser emporter par des illusions.

Elle lui sourit doucement.

– Et toi, Hugo, tu m'as rappelé qu'il n'est jamais trop tard pour rêver. Les âmes qui se croisent ne se rencontrent jamais par hasard. Certaines laissent une empreinte profonde, même lorsqu'elles s'éloignent.

Chapitre 18
L'édition

Hugo, toujours plein d'enthousiasme, suggéra de présenter le manuscrit à l'éditeur local.

La vieille dame, nerveuse à l'idée d'exposer son travail, hésita. Mais Hugo, avec son énergie et son assurance, finit par la convaincre.

Le jour de la rencontre avec l'éditeur, Hugo insista pour qu'elle prenne la parole en premier.

– C'est ton histoire. Tu dois la défendre.

Les mains tremblantes, elle parla de leur projet, de ce qu'il représentait pour elle. À sa grande surprise, l'éditeur fut captivé.

« Votre livre est unique. Il raconte une histoire d'espoir, de souffrances et de liens humains. Je pense qu'il peut toucher beaucoup de monde. »

La perspective de voir son livre publié donna à la vieille dame une énergie nouvelle. Elle retrouvait une joie qu'elle pensait avoir perdue à jamais.

Hugo, lui, semblait également transformé. Leur collaboration lui avait permis de faire la paix avec son passé, et il envisageait désormais l'avenir avec plus de sérénité.

Mais une question restait en suspens : que ferait Hugo une fois le livre publié ? Resterait-il dans la vie de la vieille dame, ou leur chemin se séparerait-il naturellement ?

Quelques mois après leur rencontre avec l'éditeur, le livre fut publié sous le titre évocateur : *Deux vies, un chemin*. Les retours furent immédiats et bouleversants. Lecteurs et critiques louaient l'authenticité du récit, la profondeur des émotions et la sagesse qui s'en dégageaient.

La vieille dame, d'abord réticente à l'idée de cette exposition publique, fut touchée par les lettres de lecteurs qui disaient se reconnaître dans les épreuves et les espoirs qu'elle et Hugo avaient partagés.

« Vous avez changé ma façon de voir la vie », écrivait une jeune femme. « Ce livre m'a donné le courage de surmonter mes propres peurs », confiait un homme d'âge mûr.

L'éditeur, voyant le succès grandissant de *Deux vies, un chemin*, proposa à Hugo et à la vieille dame d'organiser une tournée littéraire dans plusieurs villes. Bien qu'elle fût d'abord hésitante, Hugo parvint à la convaincre.

– Ce n'est pas seulement notre histoire, c'est une histoire qui appartient à tous ceux qui l'ont lue. Ils méritent de savoir à quel point leurs réactions nous touchent, lui expliqua-t-il avec passion.

Lors des premières rencontres, la vieille dame fut impressionnée par l'affluence et l'émotion du public dans les salles. Les lecteurs venaient pour les écouter, les remercier et, parfois, partager leurs propres récits.

Un jour, après une séance de dédicaces particulièrement émouvante, Hugo se tourna vers elle avec un sourire.

– Tu vois ? Ton histoire change des vies. »

Elle hocha la tête, émue.

— Et toi, Hugo, tu changes la mienne.

Chapitre 19

Nouveau projet

À la fin de la tournée, la vieille dame retrouva le calme de sa maison. Mais ce calme, autrefois réconfortant, lui semblait désormais empreint de vide. Hugo passait de moins en moins de temps chez elle, pris par de nouvelles opportunités professionnelles que le succès du livre avait ouvertes.

Un soir, alors qu'il venait la voir, elle osa lui poser la question qui la hantait.

– Hugo, maintenant que tout ça est terminé, vas-tu partir pour de bon ?

Il sembla surpris, puis réfléchit un instant avant de répondre.

– Tu as été une ancre pour moi, une lumière dans un moment où je ne savais plus où aller. Je ne partirai jamais complètement, mais je dois aussi construire ma vie, comme tu m'y as encouragé.

Elle sentit son cœur se serrer, mais elle acquiesça.

– Tu as raison. Et moi, je dois apprendre à te laisser partir.

Quelques semaines plus tard, alors qu'elle s'habituait à son quotidien sans la présence constante d'Hugo, il frappa à sa porte un matin avec un grand sourire.

– J'ai une surprise pour toi.

Intriguée, elle le suivit jusqu'à la voiture. Après un court trajet, ils arrivèrent devant une petite librairie où une foule les attendait.

– C'est une séance spéciale, pour te remercier. Tu es l'âme de ce livre, et je voulais que tu sois célébrée comme il se doit.

Émue aux larmes, elle se laissa porter par l'amour et la gratitude de ceux qui étaient venus pour elle.

Les jours qui suivirent la séance spéciale à la librairie, la vieille dame se sentit animée d'une énergie qu'elle croyait disparue. Chaque lettre de lecteur, chaque rencontre lors de la tournée lui avait rappelé une vérité essentielle : la vie, même à son âge, pouvait encore se révéler surprenante et pleine de sens. La vieille dame trouva une paix intérieure qu'elle n'avait jamais connue. Elle comprit que la vie, même à son âge, pouvait encore lui offrir des surprises et des connexions profondes.

Quant à Hugo, il continua à lui rendre visite régulièrement, apportant avec lui des récits de ses nouvelles aventures.

Un jour, alors qu'ils partageaient une tasse de thé, il lui dit :

– Tu m'as appris qu'il n'est jamais trop tard pour écrire une nouvelle page de sa vie.

Elle sourit.

– Et toi, tu m'as appris qu'il n'est jamais trop tard pour rêver.

Leur histoire, née d'un hasard, avait transformé deux vies.

Alors, il annonça :

– Je pars en Amérique du Sud pour rencontrer des communautés locales. Je veux comprendre comment ils vivent, comment ils surmontent leurs épreuves.

Elle l'écouta avec admiration, mais aussi une pointe de mélancolie. Chaque projet d'Hugo semblait l'éloigner un peu plus d'elle.

– Tu as une âme de voyageur, Hugo. Tu es fait pour explorer le monde, répondit-elle en cachant la tristesse dans sa voix.

Un matin, tandis qu'elle arrosait ses plantes, elle trouva une enveloppe glissée sous sa porte. À l'intérieur, une carte postale illustrée d'un paysage de montagne, avec ces mots :

« Tu es toujours avec moi, peu importe où je vais. Merci pour tout. Hugo »

Elle serra la carte contre son cœur, les larmes aux yeux. Ce geste simple mais chargé de sens lui fit comprendre qu'elle ne l'avait pas perdu. Il était parti, oui, mais une part de lui resterait toujours liée à elle.

Inspirée par l'élan qu'Hugo lui avait donné, elle décida de s'investir dans la vie locale. Elle rejoignit un club de lecture, organisa des ateliers d'écriture pour les jeunes du village et donna des conférences sur son expérience, partageant les leçons qu'elle avait tirées de sa collaboration avec Hugo.

Un jour, une jeune femme l'approcha après une conférence.

« Votre histoire m'a donné envie de renouer avec ma grand-mère. Je voulais vous remercier. »

Ces mots résonnèrent en elle comme une douce récompense.

L'ultime hommage.

Des années plus tard, alors que ses forces déclinaient, elle reçut un colis d'Hugo. À l'intérieur, un livre avec une dédicace :

« À ma muse et amie, qui m'a appris que les âmes se rencontrent toujours au bon moment. – Hugo »

Elle ouvrit le livre et découvrit qu'il avait écrit un récit inspiré de leur histoire, avec des personnages fictifs mais profondément empreints de leur lien.

Un sourire éclaira son visage. Elle referma le livre, le posa sur sa table de chevet et regarda par la fenêtre, où le soleil déclinait doucement.

Dans ce moment de paix, elle sut qu'elle avait accompli quelque chose de précieux : elle avait aimé, appris, et laissé une empreinte sur la vie de quelqu'un, tout comme il l'avait fait sur la sienne.

Table des chapitres

Avant - propos.. 9
Chapitre 1 - Le ménage...............................13
Chapitre 2 - La décision de sa fille............... 21
Chapitre 3 - Hugo....................................... 25
Chapitre 4 - Première journée......................29
Chapitre 5 - L'attente..................................35
Chapitre 6 - L'attachement......................... 39
Chapitre 7 - L'éveil des sentiments............... 45
Chapitre 8 - Le dilemme.............................. 49
Chapitre 9 - Le baiser.................................. 53
Chapitre 10 - Confidence........................... 57
Chapitre 11 - Les liens se resserrent.............. 65
Chapitre 12 - Hugo renaît........................... 69
Chapitre 13 - Tristesse................................. 81
Chapitre 14 - La séparation......................... 87
Chapitre 15 - Revirement............................ 97
Chapitre 16 - la proposition de Hugo............105
Chapitre 17 - Le manuscrit........................113
Chapitre 18 - L'édition..............................121
Chapitre 19 - Nouveau projet.....................125

Productions de Pierrette Champon - Chirac
Chez Brumerge :

– Le Village fantôme (poésie)
– Le Rapporté
– La Porte mystérieuse
– En avant pour l'aventure
– Du paradis en enfer
– En avalant des kilomètres
– Délire tropical
– De Croxibi à la terre
– Des vies parallèles (propos recueillis)
– Profondes racines
– Cœurs retrouvés
– Apporte-moi des fleurs
– Le Manteau Fatal
– La vengeance du crocodile
– Vers un nouveau Destin
– La Canterelle
– Un certain ballon
– Le pique-nique
– Lettres à ma prof de français
– Une semaine éprouvante
– Revirement
– Rester ou partir ?
– Panique en forêt
– Reste chez nous
– Pour ne pas oublier
– Dans les pas du mensonge
– La poésie du quotidien
– Le trou n°5
– Étonnantes retrouvailles

- La rançon de la bonté
- Immersion en milieu rural
- Que la fête soit « bêle »
- Un étrange bouquet de roses
- Un séjour à la campagne
- Début de carrière mouvementé
- L'oncle surprise de Fanny
- Le secret du puits
- Les avatars d'une rencontre
- La surprise du premier emploi
- Rencontres tragiques
- Une vengeance bien orchestrée

Chez Books on Demand :

- Tragédie au moulin
- Pour quelques euros de plus
- Étrange découverte en forêt
- Les imprévus d'Halloween
- Fatale méprise
- Piégé par un roman
- La surprise du carreleur
- Dans les méandres de la nuit
- Un scénario bien orchestré
- Un nuage est passé
- Loin de la mer et des vagues
- Poèmes
- Rencontre
- Deux vies, un chemin

Albums photo aux Éditions le Luy de France

- Il était une fois Réquista (2012)
- Mémoire du Réquistanais Tome 1 et 2
- Réquista, retour vers le passé